SI HEI LWLI

Angharad Tomos

I ARIAL AC ERYL
am eu gofal

Gyda diolch i Trish a Mrs. O'Sullivan, Ballygurteen, Clonakilty
am eu cwmni tra'n 'sgwennu'r gwaith.

SI HEI LWLI

Argraffiad cyntaf: 1991
Pedwerydd argraffiad: 2005
ⓗ Llys yr Eisteddfod Ge: edlaethol, 1991

Rhif Llyfr Safonol Rhyngwladol: 0 86243 251 0

Llun y clawr: Ruth Jên

Dymuna'r cyhoeddwyr gydnabod cydweithrediad Adran Ddylunio'r Cyngor Llyfrau Cymraeg.

Argraffwyd a chyhoeddwyd yng Nghymru ar ran Llys yr Eisteddfod Genedlaethol gan Y Lolfa Cyf., Talybont, Ceredigion SY24 5HE; ffôn (0970 86) 304, ffacs 782.

1

Mae'r nodwydd wedi mynd heibio chwe deg . . . saith deg . . . saith deg pump . . . wyth deg . . . . Mae'r byd yn rhuthro heibio ar gyflymder o wyth deg pum milltir yr awr. Mae'r haul yn boeth, mae'n haf, ac rydyn ni'n dwy allan i fwynhau ein hunain. Wrth fy ochr, teimlaf wres corff Bigw, ei gwallt gwinau yn llifo'n donnau dros ei 'sgwyddau, ei chorff ifanc fel f'un innau yn eiddgar am gynnwrf, am syndod, am wefr yr annisgwyl.

Penrhyddid cyflymder—does dim byd tebyg iddo fo. Rydw i'n credu fod dyn yn cael ei eni ddwywaith. Un waith pan ddaw o allan o groth ei fam, a'r eilwaith pan mae o'n pasio ei brawf gyrru. Daw profiadau cyffredin o ddydd i ddydd ar gyflymder cyffredin. Daw'r profiadau eithaf ar y cyflymder eithaf.

Whî!!! Dyma'r bywyd! Gyda'r miwsig yn llenwi 'nghlustiau, mae'r cyfan yn cyrraedd crescendo hyfryd wrth i'r ffordd ymagor o'm blaen.

Rhydd wyf . . . .

Dwi'n gwybod mod i'n anghyfrifol tu ôl i olwyn, ond does gen i ddim help. Y funud yr ydw i'n camu i mewn i'r peiriant 'ma, rydw i'n berson gwahanol— mae yna weddnewidiad llwyr yn digwydd. Wrth deithio ar y fath gyflymder, does dim disgwyl i'r ymennydd aros yr un fath. Na—mae hwnnw hefyd yn rasio'n wyllt i gadw'r un cyflymder â'r un y mae'r corff yn teithio arno.

'Tro'r ochr arall, Bigw.'

'Rydw i isio clywed rhywbeth gwahanol.'

Iawn gen i, cyn belled â'i fod o'n sŵn. Sŵn uchel sy'n llenwi fy mhen â delweddau gwallgo. Sŵn swnllyd sy'n cau fy nghlustiau fel nad oes lle i ddim arall. Mynd, mynd, mynd.

Ifanc wyf . . . .

'Siocled?' 'Grêt.'

Mae Bigw'n agor y papur arian ac yn estyn y siocled. Teimlaf gyffyrddiad ei bysedd â 'ngwefusau wrth iddi 'mwydo i.

Peth cynnes ydi ffrindiau. Mor gynnes â siocled tawdd yn llifo i lawr eich gwddf . . . .

'Gwylia!!'

. . . Mi oedd honno'n un agos. Doeddwn i ddim yn edrych wrth gwrs. 'Ron i rhy brysur yn mwynhau'r siocled a 'meddwl i ymhell bell i ffwrdd. Ddylwn i ddim fod wedi goddiweddyd.

'Ti'm yn gall.'

'Mae hynny'n gwneud dwy ohono ni.'

Ac rydyn ni'n chwerthin yn ddrwg.

Rydyn ni'n mwynhau bod yn ddrwg. Dyna ein hawl. Mae gen i hawl i basio pob car ar y ffordd. Fi ydi'r gorau. Fy nghar i ydi'r cyflymaf. Dim ond gwireddu pob hysbyseb a welais ar y sgrîn yr ydw i. Dydi'r un person smart yn cael ei bortreadu yn araf ddiflasu tu ôl i gar arall nac ydi? Wrth gwrs nac ydi o! Mae pob car smart ar ei ben ei hun ynghanol 'nunlle wedi goddiweddyd popeth o fewn golwg. Felly wish â fi!

'Ti isio dracht?'

Byw wyf . . . .

2

Doedd pethau ddim yn dda rhyngom. Hen g'nawes grintachlyd oedd hi—dyna fydda pawb yn ei ddweud. Mae'n rhaid 'mod i wedi synhwyro hynny yn blentyn. Yn ei thŷ, a finnau 'mond yn bedair, trodd ataf a gofyn yn y ffordd anobeithiol honno oedd ganddi gyda phlant,

'A phryd ydych chi am ddod yma eto?'

Yn ôl y sôn, edrychais i fyw ei llygaid ac ateb gyda gonestrwydd plentyn,

'Pan 'da *chi* ddim yma.'

Rydw i'n credu i'r achlysur hwnnw effeithio rhyw gymaint ar ein perthynas. Efallai 'mod i wedi synhwyro 'radeg honno nad oedd pethau cystal pan oedd hi o gwmpas. Ei goddef yn hytrach na'i chroesawu fydda pobl. Doedd hi ddim hanner mor annwyl â'i chwaer, dyna fydden nhw'n ei ddweud.

Bai pwy ydi hynny? meddyliaf yn awr. Genir rhai pobl yn annwyl fel y genir rhai gyda llygaid glas neu lygaid brown. Dydi o ddim diolch i unrhyw ymdrech ar eu rhan hwy eu bod yn annwyl—rhai felly ydyn nhw o ran anian. Mae'r un peth yn wir am bobl grintachlyd—nid unrhyw ymgais ar eu rhan hwy sy'n eu gwneud yn grintachlyd. Dyna'r anian a roddwyd iddynt. Ac eto, fe'i beiwn yn ddigywilydd.

Heblaw am bobl grintachlyd a sych, fyddai anwyldeb neu degwch cymeriad ddim yn rhinwedd. Petai pawb yn annwyl, pwy fyddai'n sylwi arno? Onid rhywbeth cymharol yw ein natur ni i gyd? O ganlyniad, dylid talu teyrnged i'r crin-tachlyd. Nid yn unig maent yn mynd drwy'r byd yn cario baich eu hanniddigrwydd, maent hefyd ynghanol eu strach yn cario lantern i oleuo'r cyfiawn.

Ond wyddwn i ddim am hyn i gyd pan oeddwn i'n fach. Y cwbl a wyddwn i, fel pob plentyn, oedd fod pobl glên yn gwmni braf, a bod mwy i'w gael gan y rhain na chan bobl grintachlyd. Chwenychwn harddwch, caredigrwydd, a chynhesrwydd.

Tybed ydi hi'n cofio? Cofio'r myrdd atgofion sydd gen i? Go brin, a hyd yn oed os ydi, fedar hi ddim ei gofio gyda'r fath eglurder ag y medra i. Dydi ei meddwl hi yn ddim ond set radio o'i chymharu â'r teledu lliw sy'n eiddo i mi.

Rydym yn symud ar gyflymder digon hamddenol o ryw ddeugain milltir yr awr, yn yr hanner gwyll anghyfforddus hwnnw rhwng dau olau. Efallai mai lliw digalon yr awyr barodd i mi gofio am ei hen dŷ. Tŷ tywyll a oedd wastad yn oer oedd o—mor oer â chwpwrdd rhew. Milltir oedd rhwng tŷ Nain â'i thŷ hi, ond fydda waeth iddynt fod ar ddau gyfandir am y tebygrwydd oedd rhyngddynt. Y daith o dŷ Nain i'w thŷ hi oedd y daith o oleuni i dywyllwch, o gynhesrwydd cyfandirol i dir yr esgimo. Wn i ddim pam ar y ddaear oedden ni'n mynd yno. Fel plant, fydden ni byth wedi mynd yno o'n gwirfodd. Doedd 'na ddim gemau i'w chwarae, dim sudd oren i'w yfed, dim byd i ryfeddu'r llygad nac i swyno'r glust. Lle od oedd o, a dyna fo. Mi fydda raid eistedd am oriau meithion ar ryw soffa bigog yn gwneud dim.

Efallai mai dyna sut y cofiaf y tŷ cystal. Syllais gymaint ar ei du mewn nes iddo gael ei serio ar fy nghof.

''Da chi'n cofio'r gegin ryfedd 'na oedd gennych chi yn Gwynfa?'

'Mmmm.'

Tydi ddim i weld yn cofio. Ond mi rydw i.

Rhyw fath o ogof oedd hi. Adeiladwyd cefnau'r tai ar graig, a rhyw ymestyniad megis o'r graig oedd y gegin. Roedd gen i ofn y pethau dieithr oedd yn llechu yn y corneli, yr enwau na ddylid eu crybwyll, yr atgofion oedd wedi eu celu, y celwyddau na ddywedwyd mohonynt, cyfrinachau oesoedd a fu.

3

Fydd hi ddim yma Dolig yma. 'Falle mai dyna pam rydw i wedi osgoi'r Ŵyl. Fydd o'r Dolig cynta hebddi. Dim ei cholli hi yn gymaint fydda i—dim ond gwaredu ei lle gwag hi. Mae presenoldeb absenoldeb yn gallu bod mor bwerus. Dwi ddim am weld y gadair wag yna. Un peth ydi siarad amdano, canu amdano, gweddïo yn ei gylch, barddoni, odli efo fo, sibrwd, cofio, ond mae eistedd yn syllu ar ei effaith yn ormod. Mae o fel eistedd mewn ciw deint-ydd yn aros eich tro, a hwnnw'n dod yn nes ac yn nes. Fedrwch chi smalio nad ydi o am ddigwydd i chi, ond fe wyddoch mai twyllo eich hun yr ydych. Yr hyn sy'n gwneud y peth yn fwy real ydi sedd wag y person olaf aeth i mewn, yn enwedig pan mai dim ond y chi sydd ar ôl.

Roedd hi'n druenus Dolig dwytha. Bu raid inni ddod â hi yn ei chadair olwyn at y bwrdd am ei bod hi'n methu cerdded. Roedden ni'n hanner ofni, petasen ni yn ei symud o'i chadair, y byddai hi yn dod yn rhydd oddi wrth ei gilydd i gyd. Bob bore Dolig, ers dechrau'r Cread, roedd fy Nhad a min-nau wedi mynd i'w nôl hi. Byddem yn ei lapio a'i rhoi yn y car, ei thynnu allan ar gyfer Diwrnod Dolig, ac yna ei rhoi yn ôl. Felly roedd pethau wedi bod erioed. Dyna pam Dolig dwytha, er nad oedd hi'n gallu gweld/clywed/cerdded, prin yn gallu agor ei llygaid i weld nac agor ei cheg i fwyta, roedden ni'n dal i ddod â hi—i lenwi'r gadair. Y cwbl ddaru mi drwy'r cinio Dolig llynedd oedd syllu mewn rhyfeddod arni. Doedd hi ddim yn agor ei llygaid, dim ond yn gadael i'w bysedd chwilota o gwmpas y plât. Ac am fysedd, am ddwylo diwerth! Roedden nhw mor ddisymud â dwylo cerflun, wedi eu cloi yn yr un ystum ers tuag ugain mlynedd, ac mor oer! Roedd rhoi llwy yn ei llaw fel ceisio rhoi un yn llaw dol am hynny o ymateb a gaech. Mi fydda ei bwyd wastad yn syrthio oddi ar y llwy cyn cyrraedd ei cheg. Ac eto, mi fydda hi'n dyfalbarhau, fel ag i beidio teimlo allan ohoni, a'i cheg fel un dryw bach yn agor ac yn cau, yn y gobaith y byddai rhywbeth yn mynd drwyddo. Weithiau, llwyddai pysen neu ddarn o gig i lithro i mewn, ond i lawr ei ffedog hi fydda'r rhan fwyaf yn mynd. Mi fydda pryd bwyd yn gallu para dwy awr.

Ers talwm, roedd 'na hwyl i'w gael wrth ei gwylio. Roedden ni blant yn ddigon pell oddi wrth henaint i chwerthin am ei ben. Doedd hen bobl ddim yn ennyn tosturi, dim ond yn bethau digri. Ers talwm, roedd hithau hefyd ddigon o gwmpas ei phethau i wenu, neu chwerthin hyd yn oed ambell waith, ac fe fydden ni gyd yn chwerthin efo hi, neu ar ei phen. Bellach, roedd y sbort wedi hen fynd.

Fe fydda wastad yn falch o baned, ac arhoswn yn eiddgar iddi gyflawni'r gamp o roi siwgwr yn ei chwpan. Yn ddi-ffael, byddai'n llwyddo bob tro i godi'r siwgr o'r bowlen, ac yna, cyn sicred â dim, byddai yn ei arllwys yn union tu allan i'w chwpan. 'Dwy a dipyn bach' fydda hi'n licio yn ei the bob tro, a'r 'dipyn bach' yn unig fyddai'n canfod ei ffordd i'r gwpan. Roedd gweld y bysedd marmor yn gafael yn afrosgo yng nghlust y gwpan fel gwylio clown yn dal plât ar bolyn. Gyda'r gwpan mor gam nes ei bod bron â throi, fe'i codai i'w cheg i wlychu ei gwefusau crimp. Byddai wastad rhy boeth, ac yn llosgi, neu felly y tybiwn. Mae'n ddigon posib fod ei gwefusau lledr mor galed fel nad oedden nhw'n teimlo gwres. Ond rhaid bod synhwyrau ei thafod a'i chorn gwddw yn dal yn effro gan y câi gysur di-ben-draw o'i phaned. Mae gen i lun ohoni o Dolig dwytha, yn gwneud yr union weithred yma, a dyna lle mae hi efo'i chwpan gam. Hyd yn oed wrth edrych ar y llun rŵan, dwi'n dal fy ngwynt rhag ofn iddi wneud smonach ohoni.

Cafodd ei hesgusodi rhag dod eleni, a dwi'n siŵr ei bod hi'n andros o falch am hynny. Ni sy'n gorfod dioddef eleni, nid y hi. Beth fyddai'n digwydd eleni pe bawn i'n cychwyn ar fore Nadolig i'w nôl? I fyny Allt Penlan i'r fynwent, a'i chodi hi, asgwrn wrth asgwrn, o'r pridd? Ei lapio hi mewn siôl, a dod â hi adre? Fydda hi ddim cymaint â hynny'n oerach, a fasan ni'n dal i allu ei symud o gwmpas mewn cadair olwyn. Mi fyddai ei dwylo mor ddisymud â llynedd, beth yn foelach, beth yn blaenach. Beth fyddai wedi mynd? Dim ond yr holl hanfod a'i gwnâi yn Hi.

Oherwydd nid dod ag unrhyw hen wreigen adre dros Dolig yr oeddem, ond dod â Hi, a neb arall. Fasa neb arall wedi gwneud y tro. Hi ei hun yn unig efo holl hanes ein tylwyth a'n hil y tu mewn iddi, er ei fod mewn cymaint o lanast ynddi. Hi oedd ein gorffennol ni. Honno sydd wedi mynd yn awr, a waeth i'w ffrâm fod wedi ei gladdu mewn pridd neu wedi ei daflu i waelod y môr na'i fod yn un man arall. Efo'i hesgyrn, mi allen ni fod wedi gwneud rhywbeth defnyddiol—megis hors ddillad i sychu dillad o flaen y tân. Ond fydda hynny ddim wedi dod â hi'n ôl.

Dyna'r hyn sy'n fy rhyfeddu i nawr.

4

Oel?—iawn. Dŵr?—iawn. Tymheredd—go lew.
Rhaid gwneud yn siŵr na fydd o'n codi. Petrol—
jest digon. Batri—iawn.

Dyna fo i gyd o flaen fy llygaid. Gyda dim ond un
edrychiad, gallaf ddweud sut hwyliau sydd ar y car.
'Ron i'n arbennig o hoff ohono. Nid 'mod i'n un am
roi enw ar gar neu siarad â fo na dim byd
felly, ond roeddwn i'n teimlo yn agos iawn ato, a
phan fyddwn i'n ei yrru, rhyw ymestyniad ohonof fi
oedd o.

Roedd yn braf fod Bigw efo mi. Wel, heblaw
amdani hi, faswn i ddim yn gwneud y daith o gwbl.
Ond roedd yn gymaint gwell gen i deithio gyda
rhywun arall. Nid nad oeddwn i'n fodlon ar fy
nghwmni fy hun, ond roedd hwnnw'n gallu mynd
yn undonog ar ôl dipyn. Mor undonog â cherddoriaeth
casetiau. Roedd y radio yn well, ond cyfathrebu
unochrog oedd hwnnw. Na, i wneud taith iawn,
rhaid cael cydymaith.

A hi oedd fy nghydymaith i. Mi allwn i fod wedi
cael un gwell o bosib, ond dydi rhywun ddim yn
cael cymaint â hynny o ddewis mewn bywyd.
Waeth i chi fodloni ar yr hyn ddaw i'ch rhan ddim.
Roedd y ffaith fod yna gwlwm gwaed yna, er nad un
uniongyrchol, yn gwneud gwahaniaeth, debyg. Fel
rheol, mae perthnasau i fod i aros gyda'i gilydd

mewn stormydd.

Chwaeth mewn cerddoriaeth fydda'r gwahaniaeth mwyaf rhyngom. Efallai nad yw hynny'n ymddangos yn faen tramgwydd mawr, ond mae o pan fo dau ohonoch mewn car. Yn enwedig pan mae un isio sŵn a'r llall ddim.

'Beth sydd o'i le efo distawrwydd?' gofynna.

'Dim,' fydda i'n ei ateb. Cyn belled â'i fod o'n ddistawrwydd ydw i wedi ddewis ei gael, ac nid yn un oherwydd mai chi sydd ei eisiau.

'Mae'r miwsig yma ddigon â mynd drwy ben rhywun.'

Dyna'i fwriad o, ddynas. Ond fedra i ddeall pam nad ydi o'n golygu fawr iddi hi. I mi, mae'r holl ganeuon 'ma yn gyfrolau o atgofion—miloedd ohonyn nhw, un ar ben y llall—o ddawnsfeydd, o gyfnodau, o'r ysgol, o'r coleg, o dymhorau, o fechgyn, o ferched, o berthynas, o ffraeo, o gymodi, o feddwi, o edifarhau, o deimladau driphlith draphlith. Iddi hi, dydi o'n ddim ond sŵn.

Ambell waith, mi ganfyddwn gyfaddawd. Fel rheol, efo tamaid o sŵn clasurol, tawel.

'Dwi'n licio hwn, pam na fedrwn ni gael rhyw-beth fel hyn yn amlach?'

Am mai 'nghar i ydi o, a fi sy'n cael dewis. A dwi ddim yn gallu gwrando ar sŵn clasurol araf *drwy'r* amser.

Mae pob perthynas lwyddiannus yn ddibynnol ar y ffaith fod y rhai o'i mewn yn gwybod eu safle. Waeth pa mor gyfartal ydi perthynas, mae 'na was-tad rai sy'n arwain a rhai sy'n dilyn; rhai sydd yn cymryd y penderfyniadau ac eraill sydd yn gwrando. Erys cydbwysedd cyn belled â'u bod yn glynu wrth y patrwm hwn. Yr adeg pan mae pethau yn mynd yn flêr ydi pan fo'r un sy'n dilyn yn cael digon ar ddilyn ac eisiau cael gwneud penderfyniad. Bryd hynny, mae'r patrwm wedi cael ei dorri, ac mae'n mynd yn smonach. Ni ellir adfer trefn nes bod pawb wedi canfod ei le drachefn. Weithiau, mae'r un sy'n dilyn yn canfod nad yw'n hoffi gwneud penderfyniad, ac mae'n dychwelyd i'w safle cychwynnol. Anaml y mae'r arweinydd yn ildio ei rym, os caiff ei herio; gwell ganddo symud ymlaen i berthynas newydd.

Yr hyn sy'n ddiddorol yw nad yr un rhai ydym ni bob amser. Gallwch fod yn arweinydd o fewn un berthynas, ac yn ddilynwr mewn perthynas arall. Natur y gweddill yn y berthynas sydd yn penderfynu eich safle chi. Dydi hyn byth yn rhywbeth a drafodir yn agored, ond mae o mor allweddol i'n ymwneud â'n gilydd. Mae o yno dan yr wyneb drwy'r amser ac mae'n effeithio ar bob dim a wneir.

Yr hyn oedd yn rhyfedd rhyngom ni ein dwy oedd nad oedd y patrwm hwn yn rhyw bendant iawn. Hi ddylai fod yn ben oherwydd ei hoed yn bennaf, ac oherwydd ei phrofiad a'i haeddfedrwydd. Ond ar y llaw arall, fi oedd gyrrwr y car, ac mae hynny wastad yn eich rhoi mewn sefyllfa o fantais. Yn ail, 'ron i'n fwy abl na hi. Mae 'na gyfnod yn dod mewn henaint lle rydych chi'n peidio â bod ag awdurdod oherwydd eich bod yn hen. Mae'r awdurdod hwnnw'n dirywio am fod y person yn mynd yn llai abl, ac felly'n fwy dibynnol ar eraill. Ac mae awdurdod yn beth anodd iawn i'w gadw pan ydych chi'n ddibynnol ar eraill.

5

Beic oedd gen i ers talwm, dim byd mawr o gwbl, Honda 50 c.c. bach oedd o. Ond wna i byth anghofio'r wefr o'i yrru am y tro cynta—dyna pryd y'm cyfareddwyd i gan gyflymder. 'Ron i fel aderyn yn gadael ei nyth. Gwenaf wrth feddwl amdanaf fy hun ar fy nhaith gyntaf. Dyna lle roeddwn i yn gyrru yn braf ar y beic pan wawriodd arnaf nad oedd raid i mi fynd ar hyd y ffordd honno o gwbl. Ar y bws yr oeddwn i wedi arfer dod y ffordd hon, am mai dyma'r unig ffordd y gallai bysiau deithio arni. Ond bellach, 'ron i'n gyfrifol am fy nhynged fy hun, ac mi fedrwn i fynd i'r fan a fynnwn ar hyd unrhyw ffordd. Lwc i mi sylweddoli hynny'n fuan neu efallai y byddwn yn dal i yrru o gwmpas yn meddwl · mai bws oeddwn i.

Er mor gyfforddus ydi car, ac er na fyddwn i byth yn ei gyfnewid yn awr, roedd gyrru ar feic yn dipyn mwy o wefr—hyd yn oed ar dri deg milltir yr awr. Mae Pirsig yn ei gyfleu yn union pan mae o'n cymharu gyrru car i edrych ar y byd drwy sgrîn deledu, gwyliwr llonydd yn unig ydych chi. Ond ar gefn beic, rydych chi'n rhan o'r llun ei hun, rydych chi *ynddo* fo, heb ddiogelwch ffrâm o'ch cwmpas. Mi fedrwch chi deimlo'r gwynt yn chwythu eich pen i ffwrdd ac mae'r ffordd oddi tanoch yn symud ar gyflymder mellten. Dim ond gydag un cam gwag, mi fedrwch chi falu eich hun yn erbyn wal. Hyd yn oed efo 50 c.c. mae o'n beth cwbl ffôl i'w wneud, a dyna pam 'ron i yn ei hoffi. Mae 'na wefr iasol mewn perygl.

* * * * * *

'Oes yna siawns y byddwn ni'n stopio yn fuan?'

'Os ydach chi isio. Awydd panad sydd arnoch chi?'

'Ia, mae 'nhafod i fatha corcyn.'

Ond does yna unman i gael paned am amser hir iawn, ac erbyn inni gael lle, mae 'nhafod innau fel corcyn. Fydda i ddim yn stopio *bob* tro mae hi isio un. Tydi ei chorff hi ddim mor dda â hynny am ddal dŵr. Ond mi fydda i fy hun yn un reit arw am baned. Weithiau mi gawn ni stops da, weithiau rai ddim cystal. Wnelo fo ddim cymaint â hynny â'r caffi, yn gymaint â sut hwyliau fydd arnon ni'n dwy.

Heddiw, mae pethau'n go lew. Mae hi reit sgwrslyd, a dydi ddim ots gen i wrando arni. Weithiau mi fydd gen i ddigonedd i'w ddweud, ac mae ei chlyw hi reit dda. Nid nad oes yna fawr o'i le efo'i chlyw hi beth bynnag. Fel llawer o hen bobl, maen nhw'n clywed yr hyn maen nhw eisiau ei glywed yn iawn. Weithiau fydd gen yr un ohonon ni ddim i'w ddweud ac os ydyn ni'n bodloni ar gadw'n dawel, popeth yn iawn. Ond weithiau, mi siaradwn ni ddim ond er mwyn siarad, ddim ond er mwyn mynd ar nerfau ein gilydd, ac mae hynny'n wael. Wel, mae o'n wael os ydi un ohonon ni eisiau llonydd. Os ydyn ni'n dwy eisiau ffrae, dydi o ddim ots. Unwaith eto, y cydbwysedd sy'n bwysig.

Rhyw gaffi diddrwg didda oedd o, digon glân a neis, ond dim cymeriad ganddo. Byrddau a chadeiriau plastig, bwydlen gyffredin. Dim ond paned oedd arnon ni ei eisiau beth bynnag.

'Be gymrwch chi?'

Roedd y weinyddes wedi dod atom yn rhy fuan. Doedd Bigw ddim wedi gorffen tynnu ei chôt. Ddylai'r weinyddes weld hynny a dod yn ôl, ond y cwbl ddaru hi oedd sefyll yn fanno yn ddiamynedd.

'Wnaiff te y tro?' meddwn i.

Te fydda hi'n ei gymryd bob tro, ond mi fydda hi'n licio meddwl fod ganddi ddewis. Efo Bigw, roedd mynd i gaffi yn ddefod. Roeddech chi'n dewis eich sedd a thynnu eich côt, eistedd, a chael y fwydlen. Yna, byddech yn dewis beth fyddech chi'n ddymuno ei gael, ac yna'n ei archebu. Fyddech chi byth yn rhuthro'r ddefod. Tybed beth wnâi Bigw mewn Byrgyrbar?

'Te, Bigw?'

'Ia, ond heb fod yn rhy gryf.'

'Rydyn ni wedi gwneud cyflymder go lew heddiw.'.

'Do, biti na fyddwn i'n gallu rhannu'r gyrru efo chi.'

'Dwi'n iawn, does dim isio i chi boeni.'

'Nid poeni yr ydw i. Dim ond meddwl ffasiwn hwyl fydda gyrru.'

'Fasach chi ddim ffit.'

'Roedd gen i gar ers talwm. "Ford" oedd o—un o'r rhai cynharaf.'

'Mi fydda fo werth prês heddiw.'

'Wn i ddim lle mae o bellach. Doedd gen fawr o bobl gar yr adeg honno, a fydda pobl ddim yn mynd mor sydyn â mae nhw heddiw . . . . Mi fydda Pip yn cael dod efo mi.'

Pip oedd ei chi hi ers talwm. Fedra i ddim dychmygu Bigw tu ôl i olwyn car. Mi fyddwn i'n tybio ei bod hi'n berson llawer rhy nerfus, ond efallai ei bod hi'n hollol wahanol ers talwm. Cwbl sydd gen i ydi hen luniau melyn ohoni, ac yn y rheini dydi hi ddim yn edrych mor wahanol i fel mae hi rŵan. Rydw i'n siŵr fod gyrru'r ceir cynta rheini yn hwyl. Mi roedd pob dim yn fwy o hwyl ers talwm. Gas gen i bobl sydd yn dweud hynny.

Daw'r ferch â'r baned i ni, ac mae Bigw yn chwilota o gwmpas y gwpan nes mod i'n gofyn beth sy'n bod.

'On i'n meddwl 'mod i wedi gofyn am sgonsen.'

'Naddo, ddaru chi ddim. Dim ond paned yr un ddaru ni archebu.'

Saib.

'Ydych chi eisiau sgonsen go iawn?'

Oedd, fe gara hi gael sgonsen. Pan ofynnwyd am un, doedd yna ddim un ar gael.

'Ers talwm, fyddech chi byth yn cael caffi heb *scones*. Os oedden nhw'n mynd yn brin, fyddech chi'n mynd i'r becws i nôl rhagor. Dwi'n cofio fel y bydda Tomi Becar yn cadw rhai yn arbennig ar gyfer Caffi Compton House . . . .'

Iechyd, mae hon yn gallu mwydro. Weithiau, mi fydda ganddi straeon da, ond droeon eraill, roedd ganddi'r gallu anhygoel 'ma i fwydro am unrhyw beth dan haul.

'Fuo gennych chi erioed foto-beic, Bigw?'

A 'nhro i ydi hi rŵan i fwydro am foto-beics. Unrhyw beth i'w chael hi i stopio meddwl am sgons—tan mae'r bil yn cyrraedd. Bryd hynny, mae math gwahanol o ddefod yn dechrau. Mae'n cychwyn wrth iddi hi chwilota am ei bag. Mae hynny wastad yn arwydd drwg. Wedi iddi ddod o hyd iddo, mae hi'n chwilota drwyddo am ei phwrs. Pam ei bod mor anodd dod o hyd iddo mewn bag gwag, wn i ddim. Hances ac eau de Cologne a chrib ydi'r unig betha eraill mae hi'n ei gadw ynddo fo. Fy nhro i ydi hi i gymryd rhan wedyn.

'Mi dala i Bigw.'

'Na wnewch chi ddim, mae o gen i yn fan hyn . . . .'

Tydi o byth yn fanna wrth gwrs, mae o'n rhywle arall ond ŵyr hi ddim ble. Mae'r cyfan yn troi yn embaras. Ŵyr y ferch ddim beth i'w wneud, ac os tala i bydd Bigw'n pwdu. Felly does dim i'w wneud ond disgwyl. Mae'n rhaid iddi hi gael talu am mai fi sy'n mynd â hi. Talu mewn caffis ydi ei ffordd hi o gael talu'n ôl. Mae hynny'n bwysig iawn. Mae o'n ei hesgusodi rhag bod yn gwbl ddiwerth ar y daith. Diolch byth, mae wedi dod o hyd iddo. Mae'r ferch yn edrych yn hyll arna i am adael i hen ddynes dalu drosof, ond fedra i wneud dim. Mae o fel y chwedl honno gan Aesop lle mae'r tad a'r mab yn cario'r asyn yn eu tro. Waeth beth wnewch chi, mi fydd yna ryw rai o hyd i bwyntio bys atoch chi.

Wrth inni fynd allan, mae 'na haid o blant ysgol yn dod i mewn, yn swnllyd a blêr ac yn boddi pawb a phopeth arall. Mae Bigw yn aros yn amyneddgar i rywun ddal y drws iddi. Does yna neb yn gwneud siŵr iawn, ac ar ôl iddyn nhw i gyd ddod i mewn, rydyn ni'n cael cyfle i fynd allan. Rwy'n gwybod beth sydd ar fin dod.

'Dydi plant ddim yn cael eu dysgu i fyhafio dyddiau yma.'

Tydw i ddim isio dechrau ar y drafodaeth yna, felly dwi'n ei helpu i'r car, cau ei strap, a chau fy ngheg.

6

Mae hi'n mynd i'w gilydd i gyd ac yn mynd yn bell, bell i ffwrdd. Ymhell, bell yn ôl. Mor wahanol oedd pethau pan oedd hi yn ferch ysgol. Y wisg ysgol berffaith, y ddisgyblaeth lem, yr hiraeth am gael bod adre. Gan fod yr arian ganddynt, dim ond ceisio gwneud eu gorau drosti oedd ei rhieni, ond teimlodd yn chwerw tuag atynt sawl tro am iddynt ei gyrru i'r fath le. Beth bynnag, doedd yr arian oedd gan ei thad hi, er ei fod yn gweithio mewn banc, yn ddim o'i gymharu ag arian tadau'r merched eraill oedd yn y 'Bowson Ladies' College'. Doedd hi erioed wedi profi israddoldeb o'r blaen. Roedd hi wedi arfer ennyn eiddigedd mewn plant eraill gan fod ganddi hi bopeth. Ond yma, roedd pethau'n wahanol. 'Os na allwch chi fforddio'r gorau o bopeth, ddylech chi ddim bod wedi cael eich anfon yma'—oedd eu hagwedd. Mabel oedd yr unig ffrind oedd ganddi yno, merch o Amwythig, ond o gefndir go wahanol.

Ymdrechodd Elisabeth, fel y gelwid hi yno, i wella ei Saesneg, a cheisiodd ymhob ffordd i wneud ei hun yn fwy derbyniol gan y gweddill, ond waeth pa mor galed yr ymdrechai, roedd hi'n wahanol. Ei Chymreictod a'i gwahanai. Nes mynd i'r coleg, ddaru hi ddim sylwi gymaint â hynny arno. Bellach, gwyddai mai dyma achos ei gwahanrwydd, ac o'r herwydd fe'i casâi. Fe'i magwyd mewn iaith wahanol, mewn diwylliant cwbl wahanol, mewn gwerthoedd hollol wahanol, mewn crefydd cwbl wahanol. Gan na wyddai hi ddim am eu pethau hwy, fe'i hystyriwyd yn anwybodus, ac yn 'ferch o'r wlad'. Roedd yn casáu'r ddelwedd. Roedd hi eisiau dweud wrthynt nad dyma'r fath o ferch oedd hi—y ferch swil, anghyfforddus a ymddangosai ger eu bron. Gallai fod yn sbort, yn hyderus, yn wybodus, yn ffraeth hyd yn oed, petaen nhw ond yn gallu ei hadnabod fel yr ydoedd gartref.

Ond y nhw a orchfygodd yn y diwedd. Does dim sy'n fwy pwerus na phobl ifanc gyda'i gilydd. Fe gollodd Lisi hynny o hunanhyder oedd ganddi, diffoddwyd ei sbarc, a datblygodd yn ferch chwerw, unig. Yn ôl y rhai hynny sy'n honni deall rhywbeth am seicoleg y natur ddynol, mae'n debyg y gellid bod wedi gwella'r natur yma yn Lisi Myfanwy, oni bai am un digwyddiad. Digwyddiad a effeithiodd arni am weddill ei bywyd. Digwyddiad a barodd i hynny o ddiniweidrwydd oedd ynddi ddiflannu am byth.

Fel gyda digwyddiadau o'r fath, mae'r amgylchiadau yn fyw iawn yn ei chof—i'r manylyn eithaf. Roeddent wedi bod allan yn chwarae hoci, ac roeddent wedi mwynhau'r gêm. Cerddai Lisi yn ôl gyda Mabel ar hyd y llain gwyrdd o dir tuag at y coleg pan welodd Miss Harper yn dod tuag ati ar dipyn o frys. Cofiodd sylwi ar y pryd mor ddieithr oedd hyn, fyddai Miss Harper byth yn brysio fel rheol, ac roedd rhywbeth yn amlwg yn ei phryderu. Sylwodd Lisi yn sydyn mai arni hi yr edrychai'r athrawes.

'Miss Hughes . . . .'

Beth oedd hi wedi ei wneud o'i le? Edrychodd Mabel arni, gwelodd fod y sefyllfa yn un annifyr, a gadawodd yn sydyn.

'Miss Hughes, ddowch chi efo mi i weld y Brifathrawes?' meddai yn Saesneg.

Roedd rhywbeth difrifol iawn wedi digwydd, roedd hynny'n amlwg, ac yr oedd hi, am ryw reswm abswrd, wedi cael ei dewis fel yr un gyfrifol. Beth ar y ddaear allai fod wedi digwydd? Gwaredai sefyllfa a fyddai'n dwyn gwarth arni. Beth a ddywedai ei rhieni? Beth fyddai'n digwydd iddi? Sut oedd y fath sefyllfa wedi codi? Sut yn y byd oedd hi am ddod allan ohoni? Dim ond ar achlysuron anghyffredin iawn y byddai rhywun yn mynd i ystafell y Brifathrawes—dim ond un waith oedd Lisi wedi bod yno o'r blaen.

Y funud y camodd i mewn i'r ystafell, gwyddai nad mynd i gael cerydd oedd hi. Cododd y Brif-athrawes yn sydyn o'i chadair wrth ei gweld yn dod i mewn.

'Miss Hughes, *my dear*,' meddai, 'eisteddwch i lawr.'

Fferrodd ei chalon. Roedd rhywbeth gwaeth na cherydd ar fin dod.

'Ffôniodd eich tad . . . mae disgwyl i chi fynd adref yn syth . . . mae eich mam wedi . . . yn wael . . . yn ddifrifol wael . . . .'

Am amser hir iawn a ymddangosai fel oes, arhosodd Lisi yn y gadair. Doedd hi ddim am symud oddi yno, am y rheswm syml na wyddai hi lle i fynd. Y funud y codai o'r sedd yna, byddai ei bywyd wedi newid. Roedd hi eisiau aros yno, eisiau

aros wrth y tân cartrefol yma yn ystafell y Brif-
athrawes, eisiau aros yng nghlydwch cyfarwydd yr
ysgol yn hytrach na wynebu dieithrwch adre.

'Rhaid i chi fynd adref, Elizabeth. Fe allwch chi
gymryd tacsi i'r orsaf. Gwell fyddai i chi bacio
ychydig o bethau i fynd gyda chi os ydych chi'n
debyg o fod i ffwrdd am beth amser.'

Wrth edrych yn ôl, ni chofiai Lisi ddim am y daith
adref yn y trên ar hyd yr arfordir. Roedd hi fel per-
son mewn llesmair. Wyddai hi ddim a oedd yn well
bod yn anwybodus. Ar un olwg, doedd dim wedi
digwydd hyd yma, dim wedi newid. Efallai mai
camddealltwriaeth oedd y cyfan. Ac eto, drwy
beidio â gwybod, drwy hanner gwybod a'r lled-
awgrym, roedd ei dychymyg yn rasio yn gynt na'r
trên. Roedd yn gwneud stomp llwyr o'i hemosiwn.

Beth ar wyneb y ddaear oedd wedi digwydd i'w
mam? Yn ddifrifol wael . . . sut yn y byd? Roedd
hi'n berffaith iach pan gafodd hi lythyr ganddi
bythefnos yn ôl. Rhyw dipyn o ddannodd oedd yr
unig beth a'i trafferthai. Doedd Lisi ddim wedi ei
gweld ers chwe wythnos, ond doedd dim awgrym o
salwch ar ei chyfyl. Doedd bosib ei bod yn wael.
Beth bynnag, doedd y neges ddim yn gwneud syn-
nwyr. Dim ond pobl sydd wedi bod yn sâl am beth
amser sy'n ddifrifol wael . . . oni bai fod damwain
wedi bod . . . a soniodd neb am ddamwain. Roedd y
cyfan yn ddirgelwch hunllefus. Gobeithiai i'r
nefoedd mai camddealltwriaeth y doedd. Eto, gwyddai
ym mêr ei hesgyrn nad ydi camddealltwriaeth yn
digwydd mewn amgylchiadau o'r fath. Pobl sy'n
cymryd arnynt fod camddealltwriaeth er mwyn
osgoi wynebu'r gwir—fel yr oedd hi yn ei wneud yn

awr. Y gwir plaen oedd fod rhywbeth erchyll yn aros amdani. Gallai ei deimlo yn nyfnderoedd ei chalon. Daliodd ei hun i fod yn barod ar gyfer beth bynnag a ddoi.

Pan ddaeth oddi ar y trên, ni allai weld golwg o'i thad, na neb arall o'r teulu. Cymrodd hyn fel arwydd pellach fod camgymeriad wedi ei wneud. Roedd popeth arall mor normal! Ai dychmygu'r cyfan oedd hi? Roedd hyn fel bod mewn breuddwyd lle nad oedd disgwyl i ddigwyddiadau ddilyn ei gilydd yn rhesymol. Onid oedd yr ysgol wedi anfon neges i ddweud y byddai ar ei ffordd? Doedd hi erioed wedi cyrraedd yr orsaf o'r blaen heb fod rhywun yno i'w chyfarfod. Doedd bosib fod ei mam cynddrwg fel na allai ei thad ei gadael? . . . ac os mai dyna'r achos, lle oedd y lleill? Wyddai hi ddim beth i'w wneud. Mae'n rhaid fod hynny'n amlwg ar ei wyneb, gan i gyfaill i'w thad ddod ati.

'Ar goll, Miss Hughes?'

'Mr. Pritchard—sut ydych chi? . . . Dydych chi ddim wedi digwydd gweld fy nhad, ydych chi?'

'Naddo, ydi o'n dod i'ch cyfarfod? Os ydi o, mi arhosaf amdano gyda chi.'

Safodd y ddau yn anghyfforddus am dipyn, yn aros.

'Dydi o ddim fel petai o am ddod, Mr. Pritchard. Mae'n ddrwg gen i . . . dydych chi ddim wedi clywed unrhyw newydd o adre ydych chi?'

'Miss Hughes, oes rhywbeth yn bod?'

Roedd yn rhaid iddi fynd adref. Roedd yn rhaid iddi gyrraedd adref yn syth. Yn y diwedd, cafodd Mr. Pritchard afael ar dacsi ac fe'i cludwyd adref.

Talodd i ŵr y tacsi ac fe'i gadawyd ar y stryd.

Edrychodd ar adeilad mawr y banc, a'i chartref oedd ar yr ail lawr. Croesodd y ffordd. Agorodd y drws. Ble ar y ddaear oedden nhw? Fel un mewn breuddwyd, dringodd Lisi y grisiau. Roedden nhw'n risiau mawr, mawr, uchel yn ymestyn at y nefoedd. Cerddodd i fyny'r grisiau, ac roedd y byd yn arafu yn raddol, raddol. Roedd yn arafu wrth iddi ddringo'r grisiau anferth, a phan ddaeth i ben y grisiau, daeth y byd i stop. O'i blaen, yr oedd llofft ei mam. Rhaid oedd mynd i'r llofft. Rhaid oedd iddi gael gweld ei mam. Roedd ei mam yn wael. Yn dawel iawn, trodd ddwrn y drws, a'i agor. Yn y llofft, roedd y ffenest ar agor, ac awel gynnes Mehefin yn chwythu'r llenni yn ôl ac ymlaen. Roedd fel petai rhywun wedi dianc ar frys drwy'r ffenest.

Dyna lle'r oedd ei mam yn ei gwely. Roedd y stafell mor dawel. Aeth yn nes at y gwely ac edrych ar ben ei mam ar y clustog. Mor llethol o dawel oedd hi! Syllodd arni. Y wyneb cyfarwydd, a'i gwallt brith yn flêr ar y gobennydd. Mam . . . , sibrydodd, Mam . . . . Mor llonydd oedd. Roedd yn anarferol o lonydd a'i wyneb fel marmor. Gafaelodd Lisi yn llaw ei mam, roedd yn oerach nag y teimlodd hi erioed o'r blaen. Treiddiodd rhywbeth yn raddol iawn i'w chalon . . . . Mam! MAM!!

Roedd y peth erchyll wedi digwydd. Roedd o'n llenwi'r stafell y funud hon. Fel ysbryd anweledig, roedd o'n dod tuag ati yn awr, yn lapio ei hun o gwmpas ei choesau, o amgylch ei chorff, yn ei gwasgu'n gïaidd, yn sugno pob bywyd allan ohoni. Roedd yn cwmpasu ei hysgwyddau, ei gwddf, ei phen . . . . Anadlai ei wynt cas i'w ffroenau ac i'w cheg gan ei mygu . . . ei mygu . . . .

Disgynnodd Lisi yn glewt ar y llawr mewn llewyg.

Pan ddaeth Harri i fyny i'r cyntedd, roedd yr olygfa o'i flaen yn dweud y cyfan. Roedd drws y ffrynt yn agored led y pen, ac ar waelod y grisiau yr oedd bagiau ei chwaer. Pam nad oedd Meri wedi dod â hwy i'r parlwr? Lle'r oedd Meri? Lle'r oedd Lisi? Yn enw'r nefoedd, na! Doedd bosib! Doedd ei chwaer 'rioed wedi mynd i fyny! A'i galon yn ei wddf, llamodd i fyny'r grisiau. Wedi cyrraedd y landing, sylwodd fod drws llofft ei fam ar agor. Drwy gil y drws, gwelodd ei chwaer yn un swp ar y llawr.

'Nhad! Meri! Nhad!'

Roedd pethau yn ddryswch gwyllt wedyn. Wyddai neb yn iawn beth oedd wedi digwydd. Roedd popeth wedi mynd o chwith. Beiai Mr. Hughes ei hun. Beiai Harri ei hun. Daeth Meri y forwyn yn ôl o'r orsaf yn poeni'n fawr nad oedd Lisi wedi dal y trên. Pan welodd y bagiau ar waelod y grisiau, sylwedd-olodd fod Lisi eisoes adref. Oedd hi'n gwybod eto? Gwybod? Fe redodd yn syth i'r llofft! O Dduw mawr, oedd neb o gwmpas i fod gyda hi? Roedden ni yn y gegin yn eich disgwyl chi'n ôl. O, na! Ac mi redodd hi'n syth i'r llofft . . . ac roedd hi ar ei phen ei hun? O'r gr'adures fach, o mabi annwyl . . . . Sut yn y byd y collais i hi? Roedd pawb yn beio ei hun. Roedd Hanna i fyny grisiau yn cysuro ei chwaer a oedd bellach yn ei gwely.

Chysgodd Lisi ddim am flynyddoedd wedyn. Byddai'n cau ei llygaid bob nos ac yn eu hagor bob bore, ond phrofodd hi ddim y cwsg dwfn hwnnw sy'n rhoi gorffwys i'r enaid. Byddai ganddi ofn y nos a'i dywyllwch, ofn ysbrydion, ofn breuddwydion. Y ddrychiolaeth fwyaf bob tro oedd wyneb llonydd ei mam ar y clustog gwyn, a'i llaw oer.

Aeth hi 'rioed yn ôl i'r coleg, ddim hyd yn oed i nôl ei phethau. Ychydig o eiddo oedd ganddi p'run bynnag—fe'u rhoddwyd mewn dau neu dri bocs a'u hanfon ar y trên. Roedd rhywun ar yr orsaf i gyfarfod y rheini. Derbyniodd lythyr byr o gydymdeimlad gan y Brifathrawes. Welodd hi mo'r coleg wedyn. Roedd ganddi ddyletswydd mewn bywyd bellach, rhaid oedd iddi aros gartref i ofalu am ei thad a Harri. Roedd Hanna wedi priodi ac wedi symud i fyw.

Damwain syml iawn oedd achos marwolaeth ei mam. Roedd ganddi ddannodd a oedd wedi rhoi pryder iddi ers tro; aeth at y deintydd a dywedodd hwnnw fod yn rhaid tynnu'r dant. Proses eitha didrafferth fel rheol. Rhoddwyd anasthetig i'r person, ac wedi iddo fynd i gysgu, fe dynnwyd y dant. Doedd pethau ddim mor rhwydd yn achos Mrs. Hughes y Banc. Wnaeth ei chorff ddim ymateb yn iawn i'r cyffur. Effeithiodd yn ddrwg arni a bu'n ddifrifol wael. Roedd eraill yn amau'n gryf fod gwenwyn wedi mynd i'r gwaed. O fewn tridiau roedd wedi marw—anarferol iawn.

7

Wyddwn i ddim am hyn o gwbl. Ddaru hi 'rioed ddweud wrtha i, nac wrth neb arall, hyd y gwn i. Clywed y stori gan Mam ddaru mi, a'i chlywed hi gan ei mam hi ddaru hithau. Tase hi 'mond wedi dweud, fydda pethau . . . fydda pethau beth? Fydda gen i fwy o biti drosti? Fyddwn i wedi deall yn well?—Wn i ddim. Tase hi wedi dweud, nid y hi fase hi.

'Ron i mewn hwyliau da heddiw. Roedd yr haul yn tywynnu, ac roedd hynny'n help i godi'r ysbryd. Yn hynny o beth, roedd Bigw a finnau'n debyg— roedd y tywydd yn effeithio'n arw arnom. Yn rhyfedd ddigon, roedd yna lawer mwy o debygrwydd yn aml rhwng Bigw a mi nag oedd yna rhyngof fi a Mam neu rhyngof fi a Nain. Mi fyddai'n llawer gwell gen i fod yn debycach i Nain wrth gwrs, ond fel y dywedais, tydi rhywun ddim yn cael dewis.

Ychydig iawn wn i am hanes Nain a'i chwaer heblaw am yr hyn mae Mam wedi ei ddweud wrtha i o dro i dro. Dydw i ddim yn un am hen hanes. Wn i ddim pwy sydd yn perthyn i bwy, na sut, na dim o'r coedwigoedd teuluol yna. Teulu i mi ydi'r bobl hynny rydych yn ymwneud â hwy o ddydd i ddydd, boed yna gysylltiad gwaed ai peidio. Mae o'n wirion fod pobl yn aros efo'i gilydd am fod y naill wedi dod o groth y llall, neu am eu bod wedi rhannu'r un groth, neu am fod un person wedi plannu had yng nghroth y llall. Dydi pobl sy'n perthyn drwy waed yn gwneud dim ond ffraeo yn aml iawn. Mae'n well gen i bobl sydd yn dewis bod yng nghwmni ei gilydd am eu bod yn mwynhau hynny a'u bod eisiau rhannu, dim mwy. Pan fo'r mwynhad hwnnw'n troi'n ddyletswydd, mae pethau'n chwerwi.

* * * * * *

'Dwi ddim yn siŵr o'r ffordd, Bigw, bydd yn rhaid i mi stopio i sbio ar y map. Cadwch lygad am le i stopio.'

Mae Bigw yn codi ei phen.

'Fedrwch chi stopio yn fan hyn.'

'Na fedrwch Bigw, fanna fydda'r lle dwytha fydda neb yn stopio; mae'n rhaid cael *lay-by*.'

Ŵyr Bigw ddim beth ydi *lay-by*. Ŵyr hi ddim beth ydi lot o eiriau rydw i yn eu defnyddio. Nid mater o fethu clywed ydi o'n aml, ond mater o fethu deall. Mae gennym eiriau gwahanol am bethau, a phan mae gen i 'fynadd, rydw i'n canfod fy hun yn golygu fy sgwrs dim ond fel y gall hi fy nilyn— rhyfedd.

Mae o'n bechod na fasa Bigw yn gallu darllen map, mi fydda fo'n hwyluso pethau yn arw. Ond hyd yn oed tasa hi'n gweld y map, fydda hi'n methu gwneud pen na chynffon ohono fo. Rydyn ni'n dod o hyd i le ar ochr y ffordd, a rydw i'n stopio'r car. A dweud y gwir, does gen i ddim syniad lle ydw i. Er nad ydw i ymhell o adre, maen nhw wedi gwneud ffasiwn lanast o'r ffordd fel nad oes modd gwybod lle rydyn ni. Mae o'n union fel tasa rhywun wedi toddi yr holl ffyrdd rownd fan hyn yn llyn o daffi, ac yna wedi rhoi fforch ynddo, a'i godi fel mae un yn codi spaghetti. O ganlyniad, mae'r ffyrdd wedi caledu ar y ffurf yna yn awr, ac mae'r ffordd oedd unwaith yn syth ac yn mynd i rywle bellach yn glymau chwithig ac yn arwain i 'nunlle.

Mae Bigw yn gofyn yr union gwestiwn dwi ddim eisiau ei glywed.

'Lle rydan ni?'

'Dwi ddim yn gwybod, dyna pam dwi'n edrych ar y map.'

'Ydan ni ar goll?'

'Ydan.'

Ddylwn i ddim gwneud iddi boeni, ond ddyla hithau ddim busnesu chwaith.

'Mae hon yn edrych fatha'r Lôn Newydd i mi.'

Rydw i'n ei hanwybyddu.

'Y Lôn Newydd ydi hi?'

Dydi'r map o'm blaen ddim yn gwneud synnwyr. Be gythgam sydd eisiau newid ffordd drwy'r amser? Gwella ffyrdd, popeth yn iawn, ond does ganddyn nhw ddim hawl i newid tirwedd yn y modd yma fel nad ydi rhywun yn 'nabod ei ardal ei hun.

'Fedrwn ni ofyn i rywun?'

'Gewch chi drio . . . ar ffordd ddeuol efo'r rhan fwyaf yn teithio tua saith deg milltir yr awr, does gen i ddim ffansi trio.'

'Doeddwn i ddim yn meddwl fod y ffordd mor anodd â hynny i ddod o hyd iddi.'

Mae hon yn gwthio'i lwc . . . .

'Dydi hi ddim, Bigw. Fi oedd yn meddwl gan ei bod hi'n ddiwrnod braf y basa ni'n gallu mynd ar hyd rhyw lôn wahanol.'

'O . . . hitiwch befo, 'chi . . . .'

Dydw i ddim yn ei wneud o er ei mwyn hi—ei wneud o er fy mwyn fy hun yr ydw i. Os oes ffordd ddifyr i'w dilyn, i be yr aiff rhywun ar hyd un ddiflas? Yn y diwedd, rydw i'n rhoi'r gorau i drio gwneud synnwyr o'r map, ac yn parhau ar y briffordd.

'Ydach chi'n gwybod lle rydach chi rŵan?'

'Ydw.'

Tawelwch.

'Fyddwn ni'n mynd drwy Penmeirch?'

'Na fyddwn.'

'Nac Isfryn chwaith?'

'Na fyddwn.'

Rydw i'n ildio.

'Os nad ydych chi eisiau mynd . . . .'

'Mi faswn i yn licio mynd heibio Isfryn.'

'Radeg yna dwi'n ffrwydro.

'Iechyd! Pam na fasach chi'n deud ta? Rydach chi'n aros i mi gychwyn y car, mynd ymlaen ar y brif ffordd, a wedyn dweud eich bod chi isio mynd rhyw ffordd arall!'

Yn syth wedi i mi agor fy ngheg, rydw i'n difaru. Pam mae gwylltio efo hen bobl yn gwneud i rywun deimlo mor euog?

Ddim ar Bigw mae'r bai wrth gwrs. Mae o'n hollol naturiol ei bod hi eisiau gweld llefydd cyfarwydd. Dydi hi byth yn mynd allan. Waeth iddi wneud y gorau o'r trip yma ddim.

Na, gwylltio efo'r bobl sydd wedi malu'r lôn ydw i. Maen nhw'n adeiladu lôn anferth i bobl gael mynd o un lle i'r llall yn gynt. Ond yr unig bobl sydd

eisiau mynd ar ei hyd yn gynt ydi pobl ddiarth—
pobl nad ydi pentrefi ar y ffordd yn golygu dim
iddyn nhw, pobl sydd wastad ar frys. Does yna neb
maen nhw eisiau mynd heibio iddyn nhw ar y
ffordd; dydyn nhw ddim yn adnabod neb. Maen
nhw'n rhy brysur i nabod neb.

A tasen nhw yn 'nabod rhywun, mi fydden nhw'n
rhy brysur i alw.

Felly ar gyfer y rhain, llawn gwell eu bod yn cael
ffordd na fedrwch chi ddim dod oddi arni, hyd yn
oed, nes eich bod wedi cyrraedd y pen arall. Ond
am y bobl leol, mae eu holl hanes hwy yn henffurf
y pentrefi hyn. Ar hyd yr oesoedd, anghenion a
ffordd o fyw eu cyndeidiau sydd wedi gwneud yr
ardal yma yr hyn ydyw. I rai mannau, mae yna
arwyddocâd arbennig. Mae yna gerrig a choed,
ffyrdd a throadau sydd efo arwyddocâd gwahanol i
bawb. Dyma eu cynefin—rhywbeth sy'n werthfawr
iawn. Ac wele McAlpine a chefnaint o beiriannau
yn rhuthro i mewn a'i falu'n racs. Tynnir tai i lawr,
a newidir ffyrdd a llwybrau. Mae 'na wair yn
diflannu dan darmac, stadau newydd yn codi fel
madarch, ac mae'r lle wedi ei newid yn llwyr.

Rydw i'n troi oddi ar y briffordd.

'Ar ba lôn mae Isfryn?'

''Chydig is i lawr na thŷ Idwal Cemist.'

Rydw i'n rhoi cynnig arall arni.

'Ia, ond pa dŷ sydd ar y lôn bost wrth i chi ddod
am y lôn yna—i mi gael gwybod lle i droi?'

'Tŷ yr Edwards's oedd yno, ond mae hwnnw
wedi cael ei dynnu i lawr.'

'Oes yna rywbeth arall?'

'Post Bach.'

'Reit, well i ni ddod o hyd i hwnnw'n sydyn tra mae o'n dal i sefyll.'

Ac i ffwrdd â fi yn reit sydyn gan feddwl pwy oedd Idwal Cemist ac ym mha ganrif roedd o'n byw. Mae Bigw yn dal ei gafael ar ochr y drws fel mae'n gwneud pan dwi'n tueddu i ruthro.

'Pam ydych chi isio gweld Isfryn, Bigw?'

'Hitiwch befo os ydi o'n drafferth.'

'Pam ydach chi isio ei weld o?'

'Roedden ni'n arfer mynd yno ers talwm—Harri a fi—fydda Hanna ddim yn dod yno gymaint â hynny, am ryw reswm. Roedden ni'n cael hwyl yno.'

'Fel plant?'

'Ac wedi inni dyfu hefyd. Roedd plant Isfryn tua'r un oed â ni, ac roeddem yn ffrindiau mawr. Yr oedd yna tua phump o blant i gyd.'

Rydw i'n arafu o flaen un tŷ, ond nid hwnnw ydi o, a dwi'n rhoi cynnig ar ddau neu dri arall cyn cael yr un iawn. Mae Bigw fel tase hi'n synnu na wn i pa un ydyw. Wedi inni ei gyrraedd, mae hi'n edrych ar y tŷ fel petai yn edrych ar un o ryfeddodau mawr y byd. Mwya sydyn, dwi'n penderfynu 'mod i eisiau mynd am dro, ac rydw i'n gadael Bigw yn y car i hel atgofion, gan ddweud 'mod i eisiau awyr iach.

Rydw i'n cerdded i lawr y ffordd am dipyn nes dod o hyd i droad yn y ffordd a lôn fechan yn arwain ohoni. Dilynaf honno. Mae'n braf cael dipyn o awyr iach, ac mae'n newid o awyrgylch y car. Mae'n dda cael llonydd am dipyn oddi wrth Bigw hefyd, mae hi'n mynd ar fy nerfau braidd. Mi fydd yn dda gen i gael y daith yma drosodd. Gymaint mwy o hwyl fasan ni'n ei gael tasa Bigw yr un oed â mi. Mi allen ni sgwrsio am gymaint o bethau—dillad rydyn ni'n hoff o'u gwisgo, miwsig rydyn ni newydd ei ddarganfod, tripiau cofiadwy, bandiau, bechgyn, babis, gobeithion am y dyfodol, atgofion . . . o ie, byddai gennym ninnau ein hatgofion.

Neu mae o'n biti nad oeddwn i o gwmpas pan oedd Bigw yn ifanc, bydda hynny wedi bod yn gystal hwyl dwi'n siŵr. Fedra i gredu eu bod nhw'n cael hwyl fawr ers talwm. Mi fyddwn i wrth fy modd yn cael reid gan Bigw yn ei char cyntaf, yn mynd â'n gwalltiau yn y gwynt a Pip tu ôl i ni a'i dafod allan. 'Run pethau fydden ni'n eu trafod dwi'n siŵr, ac yn chwerthin ac yn poeni yn eu cylch. Pam na fedrwn i fod wedi cael fy ngeni 'nghynt? Mae hynny'n beth gwirion i'w feddwl. Pan oedd Bigw yn ifanc, doedd Hanna ddim wedi priodi, heb sôn am gael Mam. Doedd y groth fyddai'n gartref i mi ddim hyd yn oed wedi ei ffurfio. Rhyfedd fel mae pethau'n dod o ddim. Mewn ffordd, roedd tamaid ohono i yn bod. Y tamaid hwnnw ohonof sy'n rhan o Nain. Roedd hwnnw'n bod, dim ond nad oedd o wedi datblygu eto i fod yn Mam, i fod yn fi . . . .

Tydi o'n rhyfedd meddwl am yr amser cyn ein bod? Rydan ni'n aml yn meddwl am yr amser wedi i ni farw, ond byth braidd am yr amser cyn ein bod—fel tase 'na fawr o ddim cyn inni gael ein geni. Tybed ydi peth ohonom yn bodoli, yn llawn cynnwrf am ei fod ar fin cael ei genhedlu? Neu ai rhyw ddim mawr ydyn ni cyn ein bod yn cael ein hau? Beth sy'n dod i fod pan mae'r uniad yn digwydd? Pryd mae'r fi yn dod yn ymwybodol o'i hunan? A ddigwydd hynny pan mae'n cael ei eni?

Neu pan fo'n gorwedd ar ei gefn ac yn canfod fod y darnau o gnawd sy'n cicio uwch ei ben yn rhan ohono, ac fod ganddo'r gallu i'w rheoli? A yw'n digwydd pan fo'r had wedi tyfu i'r fath raddfa nes ei fod yn gallu symud o fan i fan ohono'i hun? Neu pan fo'n dysgu llefaru a chyfleu negeseuon drwy 'stumiau a geiriau i eraill? 'Falle ei fod yn digwydd pan fo'r bod yn gallu amgyffred ei hun fel haniaeth. Hwnna ydi o—yr olaf. Tan y pwynt yna, anifail ydyw, yn tyfu am ei fod yn methu peidio tyfu, yn dysgu bwyta, symud, siarad am mai greddf yw hynny. Ond pan fo'r bod yna yn gallu amgyffred ei hun fel person meidrol fydd un dydd yn peidio â bod ar ei ffurf bresennol, mae wedi cyrraedd y pwynt hwnnw sy'n ei osod ar wahân i anifeiliaid, ac ychydig is nag angylion. Daw'n arswydus o ymwybodol o'r hyn ydyw—bod dros dro gyda'i holl gynhysgaeth a'i gymeriad tu mewn iddo, a'r rhyddid—y penrhyddid llwyr hwnnw—i wneud fel fyd a fynno o fewn ffiniau terfynol o gaeth: y bydd un dydd yn gorfod gadael y llwyfan ynghanol yr hwyl. Waeth pa gymeriad ydyw, pa mor ganolog i'r ddrama, mae'n rhaid iddo fynd. Ac ni ŵyr yr awr, na'r lle, na phryd y'i gelwir! Dyna'r wefr eithaf— gall ddigwydd unrhyw bryd! Rydyn ni'n troedio ar hyd rhywbeth mor ansicr â weiren trapîs, yn ceisio cydbwysedd, yn gorfod mynd yn ein blaenau, ac yn gwybod y byddwn ni'n cwympo cyn cyrraedd y pen draw. Tybed beth sydd yna yn y pen draw? . . .

Munud dwi'n dechrau meddwl am y pethau hyn go iawn, dwi'n dychryn fy hun. Mae bod yng nghwmni Bigw yn gwneud i mi feddwl mwy amdanynt. Rydw i fel petawn i'n cadw llygad ar berson sydd ymhell ar y blaen i mi ar y weiren . . . .

Sut 'mod i wedi canfod fy hun ar y fath daith, holaf.

'Nghydwybod i sydd ar fai. Teimlo biti drosti oeddwn—yn fanno ddydd ar ôl dydd, ac yn meddwl y basa hi'n licio newid. Roedd o i weld mor syml ar y pryd—mor syml â neidio i mewn i'r car ac i ffwrdd â ni. Fydda Mam yn ei wneud o weithiau, ond ddim yn aml iawn. Rydw i'n deall pam rŵan. Mae hi'n dweud pethau mor hurt! Efallai mai dyna ganlyniad byw ar eich pen eich hun am amser maith, 'da chi'n colli'r gallu i gyfathrebu yn effeithiol.. Nid yn gymaint efo *beth* i'w ddweud, ond *pryd* i'w ddweud o, a phryd i beidio. Efallai nad ydi hi'n meddwl llawer cyn siarad—dim ond dweud pethau fel maen nhw'n dod i'w phen.

* * * * * *

Maen nhw'n dod o hyd i Isfryn, ac mae hi'n falch. Tydi ddim yn gallu gweld y tŷ yn dda iawn, ond mae o'n rhoi rhyw bleser cynnes iddi fod yr adwy yn dal yr un fath gyda'r gwrych del yna yn fwa dros y giât. Mae cymaint o atgofion yn dod yn ôl. Mae Eleni wedi mynd allan o'r car. Tybed ydi hi'n mynd i holi pwy sy'n byw yno rŵan? Roedd yna bump o blant i gyd—Johnnie, Harriet, a Bertie, doedd hi ddim yn cofio enwau'r lleill. Roedden ni'n cael y fath hwyl yn eu cwmni! A'r partïon da fydden nhw yn eu cael yna. Gwenai wrthi ei hun wrth gofio am y phonograff cynnar oedd ganddynt a'r difyrrwch mawr oedd i'w gael wrth wrando ar y recordiau cyntaf—sut oedd y gân honno yn mynd? O rigolau ei chof, ceisiai ddwyn yr alaw yn ôl, ond methodd.

Lle yn y byd oedd Eleni wedi mynd? Syllodd ar ei menyg blêr, dylai fod wedi cael pâr gwell i fynd allan, ond chafodd hi ddim amser i baratoi. Mi ddigwyddodd y peth mor sydyn. Roedd ganddi bâr del o fenyg lês du yn rhywle, ond wyddai hi ddim ble. Wyddai hi ddim ble oedd dim byd bellach. Gallai wneud efo côt arall hefyd, dyna beth fyddai *treat*—cael mynd i Landudno i siopa a dod adre gyda chôt newydd. Ond prin y gallai hi gyfiawnhau un yn ei hoed hi—pa ddefnydd a wnâi o gôt newydd?

Doedd hi byth yn mynd allan, ar wahan i dripiau annisgwyl fel hyn. Chwarae teg i Eleni . . . beth ddaeth drosti? Ond fe fyddai wedi hoffi cael mwy o rybudd. Roedd yna rywbeth braf mewn edrych ymlaen . . . .

Ymhen hir a hwyr, daeth Eleni yn ôl.

'Ddaru chi ganfod pwy sy'n byw yno rŵan?'

'Naddo, dim ond mynd am dro i fyny'r lôn ddaru mi.'

'Wyddwn i ddim i lle roeddech chi wedi mynd.'

'Pwy ddywedsoch chi oedd yn arfer byw yno?'

'Bertie a Harriet a'u brodyr a chwiorydd.'

'Ydyn nhw'n dal yn fyw?'

'Mi laddwyd Bertie yn y Rhyfel a lladd ei hun wnaeth Johnnie. Gollodd eu mam ei phwyll. Wn i ddim be ddigwyddodd i Harriet, mae'n rhaid ei bod wedi mynd i ffwrdd.'

'Pam ddaru Johnnie ladd ei hun?'

'Y ddiod.'

'O.'

Roedd Bertie yn glên efo hi—roedd o'n ffrindiau mawr efo Harri ei brawd, ond fydda fo byth yn gwneud iddi hi deimlo allan ohoni. I ba le bynnag roeddynt yn mynd, câi hithau fynd hefo nhw. Weithiau, byddai Harriet yn dod, a Johnnie a rhai o'r lleill, ond byddai Bertie, Harri, a hithau yn mynd efo'i gilydd i bob man. Pan gafodd hi feic newydd, mynd â fo i Isfryn i'w ddangos oedd y daith gyntaf. Mi deithiodd y tri ohonyn nhw filltiroedd lawer ar feiciau. Ac ar hafau poeth, fe aent am bicnics na fyddai byth yn darfod. Roedd hi'n braf cofio dyddiau felly.

8

Roedd ei chof yn ei dychryn weithiau. Rhyfeddai sut y gallai rhywbeth a allai beri cymaint o bleser achosi cymaint o boen. Roedd ei chof fel chwarel enfawr yn llawn mwynau prin. Mwya'n y byd y cloddiai ynddo, mwya'n y byd y byddai'n ei ddarganfod. Gallai hollti atgof yn ei hanner a chanfod rhagor o ryfeddodau o'i mewn. Profiadau ac atgofion pleserus fyddai hi'n cloddio amdanynt ran amlaf, ond weithiau byddai'n cael ei gostwng i'r gwaelodion dirgel hynny lle roedd myrdd o brofiadau ac emosiynau a oedd yn peri dolur. Ond roedd yn rhaid i'r rheini fod yna. Ni fynnai gael gwared ohonynt yn llwyr. Roeddynt yn rhan o'i bywyd, yn rhan o'r hyn a'i gwnâi yn hi a neb arall.

* * * * * *

Rhoddais fy hun yn ei lle hi. Tŷ pwy garwn i ei weld fyddai'n dod ag atgofion clên yn ôl i mi? Gallaf feddwl am bobl a wynebau, ond ceisiwn feddwl am dŷ—cartref rhywun y byddwn yn ei gysylltu ag amseroedd da. Dalla i ddim meddwl am un adeilad penodol. Mae yna gymaint o lefydd. Mae fy ffrindiau i wastad yn symud i fyw, rydw i wastad yn gwneud ffrindiau newydd. Mae pob man y cawn ni amser da ynddo yn lle gwahanol. Rydw i'n cysylltu Llanddwyn efo amseroedd da, ond dydi hwnna ddim fel tŷ sy'n crynhoi atgofion.

Rydw i'n meddwl am Bigw yn cael amseroedd da efo'r bobl 'na sydd bellach wedi marw. Fedra i ddim dychmygu dim byd gwaeth. Mor unig yw! Ac nid yn unig ei ffrindiau sydd wedi mynd, ond ei theulu hefyd—ar wahân i ni, does ganddi neb ar ôl. A dydyn ni ddim gymaint o sbort â hynny achos mai dod *wedyn* ddaru ni—dod pan oedd hi'n rhy hen i fwynhau ei hun. Does ganddi fawr o atgofion pleserus i'w cysylltu efo ni, dim ond eiddigedd tuag atom am ein bod ni yn rhydd ac yn ifanc, a hithau yn gaeth i'w henaint. 'Falle mai dyna pam mae hi mor flin efo ni.

Dwi'n ceisio dyfalu faint o'i ffrindiau hi sy'n dal yn fyw. Fi fyddai yn cael y gwaith bob blwyddyn o helpu Bigw gyda'i chardiau Dolig. Fyddai dim cymaint â hynny o ots gen i—roedd o'n esgus i wneud rhywbeth efo hi yn hytrach na'r straen o geisio cynnal sgwrs. Y peth cyntaf fyddwn i'n ei wneud fyddai gwneud rhestr o'i chydnabod oedd am dderbyn cerdyn ganddi, gan wneud yn siŵr eu bod nhw yn dal yn fyw. Yna, byddai'n rhaid gosod y cardiau i gyd o'i blaen ar y bwrdd iddi gael penderfynu p'un oedd hi am ei anfon i bwy. Roedd o ymysg yr ychydig benderfyniadau oedd hi'n dal i gael eu gwneud. Roedd yn bwysig iawn cael rhai Saesneg ar gyfer y ffrindiau hynny nad oeddynt yn deall Cymraeg. Y cam nesaf oedd agor y cardiau i gyd a darllen y cyfarchiad neu'r pennill oddi mewn. Byddai Bigw yn gwrando'n astud gan ddwys ystyried ar gyfer pwy fyddai'r geiriau yn gweddu orau. Erbyn i mi orffen darllen y cardiau, byddai wedi anghofio beth oedd ar y cerdyn cyntaf, a byddai'n rhaid eu darllen sawl gwaith.

'Beth oedd y bennill eto?'

'. . . a deilen Gŵyl Nadolig
y Duw Byw yn llond ei big.'

'Tydi hynny ddim yn ddigri iawn, nac ydi?'

'Dwi ddim yn meddwl mai jôc ydi o i fod.'

'Meddwl fasa fo'n gneud i Magi 'ron i am fod yna eira arno. Hogan ddigri ydi Magi. Mae hi'n licio chwerthin.'

'Mae hwn yn un digon gwirion.'

'Mi ro i'r llall i Gertie 'ta, mae hi'n ddynes reit dduwiol.'

Ac felly y byddem ni'n dwy am oriau yn didoli ac yn cloriannu bob cerdyn, hithau'n dewis un ac yn newid ei meddwl, yna'n newid ei meddwl eto. Petai'r rhai a'i derbyniai yn gwybod cymaint o feddwl oedd tu ôl i bob cerdyn, byddent yn siŵr o'i werthfawrogi fwy. Robin goch fyddai'r ffefryn gan Bigw ei hun bob tro. Roedd hi'n arbennig o hoff ohonynt. Beth bynnag fyddai'r presant diwerth a brynwn iddi, gwnawn ymdrech arbennig i gael cerdyn efo robin goch iddi bob Dolig.

Fi fyddai'n 'sgwennu 'Dolig Llawen' ar bob cerdyn, ac yna, fel plentyn teirblwydd, byddai Bigw yn gafael yn drwsgwl yn y feiro a gwneud ryw rwtsh ratsh oedd i fod i olygu Lisi neu Bigw, roedd o mor annealladwy fel y gallai olygu'r naill neu'r llall. Ond 'Bigw' oedd hi i ni ers cyn cof a chyn hynny. Fe'i hailfedyddiwyd gyda'r enw hwnnw pan oedd Mam neu ei chwaer yn fach, fach. Roedd yna gymaint o Anti Lisis yn y teulu fel nad oedd diben cael un arall. O enau plant bychain y daeth yr enw

Bigw. Pan fathwyd yr enw, doedd yr un o'r ddwy fach yn ddigon hen i gysylltu 'Bigw' efo 'bigog', ond mae o'n rhyfedd fel y gall enw weddu'n berffaith. 'Bigw' fuo hi byth oddi ar hynny nes yr adwaenid hi felly gan bawb ac eithrio ffrindiau bore oes, a phethau prin, prin oedd rheini erbyn y diwedd.

* * * * * *

'Be ydi hwnna?' gofynna Bigw.
'Be ydi be?'
Dydi hon ddim yn sylweddoli 'mod i'n trio gyrru.
'Y llun bach del yn fan hyn.'
Mae'n cyfeirio at y sticer sydd gen i ar y ffenest flaen.
'O, *Greenpeace* ydi hwnna. Llun dolffin yn y môr efo enfys.'
'Del 'de?'
Dydi ddim yn deall. Bum munud yn ddiweddarach:
'Beth sydd 'nelo hynna efo pys?'
'*Peace*—heddwch ydi o, Bigw. Heddwch i bethau gwyrdd, i'r amgylchedd a phethau felly.'
Lle mae rhywun i ddechrau egluro?

* * * * * *

Heddwch. Ddaru hi rioed ddeall y gair. Hyd heddiw, dydi hi ddim yn ei ddeall.
Yn enw heddwch y digwyddodd hynny i gyd—ac i beth? Gafodd rywun heddwch yn y diwedd? Oedd yna unrhyw un, gwlad, teulu, neu berson, ar ei

ennill oherwydd y Rhyfel? Os oedd yna, chlywodd hi erioed amdanynt.

Doedd o'n rhyfedd fel daeth o—o 'nunlle rywsut. O fod yn brint ar bapur newydd am rywle yn bell i ffwrdd, i ddwyn ei brawd oddi arni.

Roedden nhw wedi dod i delerau efo bywyd—ei thad, Harri, a hithau. Am y tro cyntaf, roedd hi'n gallu teimlo ei bod o werth. Roedd hi'n gofalu am y ddau berson yma, y ddau oedd agosaf ati, ac roedd hi'n cael bodlonrwydd mawr o wneud hynny.

Doedd Hanna ddim yn byw yn bell iawn oddi wrthynt, ac yr oedd yna fanteision a ddaeth yn sgîl ymadawiad Hanna. Tra oedd Hanna yn byw gyda hwy, chwaer fach oedd hi, rhyw atodiad i'r teulu. Bellach, hi oedd gwraig y tŷ, ac o'i chwmpas hi roedd pethau'n troi.

Ar wahân i briodas, doedd hi ddim yn gweld dim byd fyddai'n gallu ei gwahanu hi a Harri. Ac roedd priodas yn rhywbeth pell i ffwrdd—fel rhyfel. Rhyw ddod yn raddol ddaru o—dod yn slei drwy'r drws fel drafft. Harri'n dod adref yn ei iwnifform oedd y peth a'i dychrynnodd gyntaf. Roedd yr iwnifform yn wisg gyffredin i'r bechgyn i gyd, ond roedd gweld Harri mewn un yn codi ofn arni. Harri—yn filwr! Mor ddiniwed oedd popeth ar y pryd—pawb yn Carneddau yn trin y peth fel sioe. Mawr oedd y paratoi, mawr oedd y cynnwrf, ac roedd pawb wedi eu huno gyda'i gilydd gydag un nod cyffredin—anfon eu meibion i ffwrdd i gael eu lladd. Tybed sut fydden nhw wedi ymateb 'taen nhw wedi gorfod gwisgo eu plant mewn amdo yn hytrach nag iwnifform, ac wedi gorfod eu gosod mewn arch a chau'r caead yn lle eu gosod ar drên a chau'r drws? Neu be tase na lori fawr fel un y lladd-dŷ wedi dod heibio a chasglu eu plant nhw i gyd fel bwtsiar yn casglu gwyddau cyn y Nadolig? 'Run peth oedd o yn y pen draw. Roedd o'n syniad gwallgo. Ond dyna oedd y peth i'w wneud ar y pryd. Rhaid oedd ei wneud, er mwyn y Wlad a'r Brenin. Roedd disgwyl i chi ei wneud, pam ddylai eich plentyn *chi* gael ei esgusodi o'r lladdfa?

A doedd rhoi eich mab ar y trên ddim fel ei roi mewn arch siŵr iawn. Roedd o'n ifanc ac yn llawn bywyd ac yn fochgoch yn union fel yr oedd o'n hogyn. Gafaelai yn eich llaw a'i lygaid yn disgleirio wrth feddwl am yr antur. Doedd y rhan fwyaf ohonynt ddim wedi bod ymhellach na Bangor. A hyd yn oed ar ôl i chi gau drws y trên, fydda fo'n rhoi ei ben allan am gusan arall ac yn codi ei law arnoch nes ei fod wedi mynd o'r golwg. I lawer mam, dyna'r tro diwethaf y byddai'n gweld ei phlentyn. Oedd, roedd rhyfel yn beth creulon, creulon.

Ond ymuno yn y cyfan ddaru nhw i gyd. Gwlad yn ymladd am ei heinioes, am gyfiawnder i wledydd bychain ac am heddwch byth bythoedd. Oedd, roedd Heddwch yn air mawr. Dyna pam mai ychydig iawn a wrthwynebodd y rhyfel. Roedd o'n rhywbeth anochel.

Fe gadwodd ei lythyrau i gyd. Roedd o'n un da am sgwennu. O bryd i'w gilydd câi gerdyn post—un cwbl annisgwyl efo dim mwy na brawddeg—dim ond i ddangos ei fod yn cofio amdani. Ni adawodd o ei feddyliau tra bu i ffwrdd. Wedi iddo fynd, roedd yn byw dau fywyd—ei bywyd ei hun, a dyfalu pa fywyd oedd Harri yn ei fyw. Doedd ei lythyrau byth yn dweud ei hanner hi. Ceisiai ymddangos mor ddibryder â phosib. Darllen ei ddyddiaduron wedyn a barodd iddi sylweddoli gymaint yr oedd yn ei guddio. Pam na fyddai wedi rhannu mwy? Doedd o ddim eisiau peri gofid iddi hi a'i thad, roedd hynny'n ddealladwy. Ond faint gwaeth fydden nhw o fod wedi cael rhannu tipyn o faich ei ofid ef? Nid rhywbeth i'w gadw i'r hunan ydi baich felly.

Unwaith erioed y daeth adref. Cawsant *leave* arbennig am bythefnos. Doedd hi erioed yn cofio'r fath hapusrwydd. Cael bod efo Harri eto—cyffwrdd ynddo, cael gweld ei wyneb, sgwrsio ag o, rhannu, crio, chwerthin. . . . Roedd ei byd yn gyflawn unwaith yn rhagor. Ac yna'r pnawn hwnnw cyn iddo fynd yn ôl. Roedd hi wedi trefnu eu bod yn mynd am de i gaffi clên yn Nhalbont, ond gwrthododd fynd. Y cyfan oedd o eisiau ei wneud oedd mynd am dro i Gae Garw.

Roedd hi'n ddiwrnod braf, pechadurus o braf. Buont yn cerdded a cherdded am amser maith, a Harri'n dweud dim. Doedd hithau ddim eisiau tarfu arno, roedd yn amlwg fod ei feddyliau ymhell i ffwrdd. Ceisiai gofio yn wyllt am yr holl bethau yr oedd eisiau eu dweud wrtho cyn iddo fynd, ond doedd dim byd yno, dim ond awydd angerddol i fod yn ei gwmni, ac i gerdded fel hyn wrth ei ochr am byth. Doedd o ddim yn bnawn fel y dychmygodd hi y byddai.

O'r diwedd, eisteddodd y ddau ohonynt i lawr, a gwnaeth Harri rywbeth nad oedd o erioed wedi ei wneud o'r blaen—gafaelodd yn ei llaw. Fydda fo byth yn un am ddangos ei deimladau felly. Gallai glywed ei lais yn awr.

'Gafael yn fy llaw i, Lisi—gafael yn dynn ynddi.

Chaf i ddim teimlo cyffyrddiad fel hyn am amser hir iawn eto. Dyna sydd waetha, Lisi. Dydi teimladau ddim yn bwysig yn y lle 'na. Nid dynion ydyn nhw, ond anwariaid.'

Roedd o'n cynhyrfu fwyfwy wrth siarad ac yn colli ei wynt, gan mor daer ydoedd.

'Beth wna i Lisi? Mae bod adre efo ti a Tada wedi dangos i mi mor erchyll ydi'r cyfan. 'Ron i wedi dechrau mynd 'run fath â nhw, Lisi. Yn awr, fedra i ddim meddwl am fynd yn ôl. Lisi, wyt ti'n cofio ni yn edrych i lawr Twll Ceubwll ers talwm ac yn dychmygu beth oedd yn llechu yno? Wyt ti'n cofio'r trychfilod dychrynllyd yna y bydden ni'n cymryd arnom ein bod wedi eu gweld—gwŷr heb bennau yn cael eu llosgi'n fyw, a seirff gwenwynig yn eu gwasgu? Rydw i wedi bod yna, Lisi. Mi ges i fy lluchio i lawr Twll Ceubwll i'w canol . . . .'

'Harri . . . .'

Trodd i'w hwynebu gan afael yn ei hysgwyddau ac wrth iddo edrych yn wallgof i fyw ei llygaid, gwelodd yn ei lygaid ef adlewyrchiad o'i feddwl hunllefus.

'Rydw i wedi gweld pethau, Lisi, pethau na ddaru mi erioed eu dychmygu . . . .'

Ni allai fynegi ei hun.

'A'r peth gwaetha, y peth gwaetha un ydi 'mod i wedi dod i arfer efo nhw. Dydyn nhw ddim yn fy nychryn i fel roedden nhw'n arfer ei wneud. Dwi wedi cynefino efo nhw! Rydw i wedi colli'r gallu i deimlo! Dim ond rŵan, wrth eistedd yn fan hyn dwi fel taswn i'n sylweddoli . . . elli di ddim credu mor ddieithr i mi ydi bod yn fan hyn efo ti, dydi o ddim yn gwneud synnwyr. Lisi, wn i ddim lle ydw i!'

Mi dorrodd o i lawr a chrio'n chwerw 'run fath â hogyn bach. Rhoddodd Lisi ei ben ar ei harffed a dechrau mwytho ei wallt. Mwya sydyn, fe rwygodd ei hun oddi wrthi, cododd, a cherddodd oddi yno hebddi.

O'r eiliad honno, synhwyrodd Lisi ei bod wedi ei golli. Roedd rhywbeth dychrynllyd wedi digwydd iddo. Roedden nhw wedi dryllio ei enaid. Ni wyddai'r creadur pwy oedd o, na beth oedd o. Roedd ei chalon yn gwaedu drosto, ond roedd hi'n gwbl ddiymadferth. Aeth gyda'i thad y diwrnod wedyn i ffarwelio ag o, ond doedd dim teimlad yn ei ddwylo bellach. Roedd yna olwg pell i ffwrdd yn ei lygaid, a gwyddai ei fod eisoes wedi ei gadael.

Pan ddaeth y newyddion am ei farwolaeth, synnodd hi ddim gymaint â hynny. Dim ond gorffen y broses oedd hynna. Sylweddolodd fod rhyfel yn gallu gwneud rhywbeth llawer mwy erchyll i ddynion na'u lladd.

Nid oedd yn cofio colli dagrau. Roedd hyn y tu hwnt i ddagrau. Gadawodd i'r gofid gronni ynddi gan fynd yn drymach bob dydd. Mewn gwirionedd, roedd hi'n dal i feddwl fod Harri i ffwrdd yn y rhyfel, yn bell bell i ffwrdd. Bu'n gwisgo'r arfwisg honno am flynyddoedd.

Yna un dydd, a hithau'n wraig ganol oed, Hanna bellach yn fam i dri o blant, a rheini'n prysur dyfu yn bobl ifanc, y byd yn mynd rhagddo a rhyfel arall ar y gorwel, bu farw ei thad. Y tro hwn, nid oedd yr amgylchiadau yn anarferol. Dioddefodd waeledd maith a bu farw o henaint. Bu pethau'n brysur iawn dros y cynhebrwng, a daliodd Lisi ei thir yn anrhydeddus. Wedi treulio wythnos neu ddwy gyda

Hanna, daeth yn ôl i dŷ gwag. Bu'n aros am hir i rywun gyrraedd, ond wnaeth yna neb. Yna, sylweddolodd mai disgwyl am Harri ydoedd. Rywsut, carai feddwl fod Harri eisiau dod ati, eisiau cynnig cysur iddi, eisiau bod yn gwmni iddi yn ei hunigrwydd. Mor wirion ydoedd. Roedd Harri mewn bedd ers ugain mlynedd.

Doedd Harri ddim yn bod.

9

Arhosais mewn gorsaf betrol. Mi fydda i'n un sy'n licio gorsafoedd petrol. Maen nhw'n amrywio'n fawr ac er y cewch chi lawer sy'n hollol ddigymeriad, mi ddowch chi ar draws nifer o rai eraill diddorol iawn. Mae 'na wastad brysurdeb yma—pawb yn tendio i'w gar, yn ei fwydo, ei fwytho, ei lanhau, ei drwsio. Mi fydda i'n licio'r stwna yma efo ceir. Garej PDH ydi hwn—Pawb Drosto'i Hun. Mae pob dim yn PDH bellach—archfarchnadoedd, llefydd parcio, banciau, peiriannau parod. Mewn dipyn mi fydd gwasanaeth doctor yn PDH, mi fyddwch chi'n cerdded i mewn i beiriant, hwnnw yn dadansoddi eich salwch, byddwch yn rhoi punt mewn blwch, a bydd ffisig neu dabledi yn dod allan wedi ei bacio'n ddestlus a 'print-out' taclus i ddilyn i ddweud wrthych pryd i gymryd y moddion.

Beth ydi'r ysfa yma i geisio ei gwneud yn ddiangen i bobl ymwneud â'i gilydd? Mi fydda i'n licio cyfarfod pobl a chael sgwrs efo hwn a'r llall. Mi fydda i hyd yn oed yn siarad efo peiriant twll-yn-wal weithiau. Ond yr un ateb gaf i ran amlaf: 'Dim arian ar hyn o bryd; rydych eisoes wedi cymryd mwy na'ch siâr.' Gobeithio y bydd gen i ddigon o arian i dalu am hwn. Fydda i'n gwneud hynny'n aml, gwario prês, ac yna ystyried ydi o gennyf i'w wario. Rydw i'n stwna yn y car am y llyfr siec. Mae

Bigw yn mwydro am rywbeth.

'Mewn garej ydyn ni, Bigw.'

Pan af at y cownter, dywed y dyn nad siec sydd ei angen ond y cerdyn. Does dim angen sgwennu siec bellach, mi wnaiff y cerdyn yn unig y tro. Ylwch, mae na fashîn sbeshial yn fan hyn ar ei gyfer o. Dwi'n brysio yn ôl i'r car i chwilio am y cerdyn.

'Bloda ydi rheini draw fan 'cw?'

'Ia, Bigw. Ydach chi wedi gweld fy mag i yn rhywle?'

Mae hi'n trio gwthio prês i fy llaw.

'Na, dwi'n iawn, Bigw. Does dim isio i chi roi dim byd. Dim ond fy ngherdyn i ydw i isio—cerdyn banc.'

Dydw i ddim wedi deall.

'Fasach chi'n prynu bloda i mi?'

'Bloda?'

'Mi fydd angen bloda arnom ni.'

Wrth gwrs bydd angen bloda arnom ni. Dwi ddim yn cofio am y pethau 'ma. Dydyn nhw ddim yn fy myd i.

'Pa floda ydach chi isio?'

'Fasa well i mi ddod allan i weld?'

''Randros, peidiwch â thrafferthu, mi gaf i ryw-beth i chi rŵan.'

Dyna beth fyddai embaras. Be ydi'r pwynt iddyn nhw berffeithio'r System a chymryd blynyddoedd i ddyfeisio peiriannau sy'n arbed yr holl amser 'da chi'n ei gymryd i lenwi siec, os ydach chi'n mynnu dod â'ch hen fodryb naw-deg-rwbath allan efo chi i ddewis bloda? Yn y diwedd, dwi'n cael ryw fath o floda iddi, ac yn cael bocsus o ddiod a chreision. Rydw i'n cael talu am y cwbwl efo'r cerdyn a does dim eisiau gwario prês o gwbl. Handi iawn. Mae'r peiriant yn llyncu'r cerdyn ac yn poeri tipyn o bapur allan. Rydych chi'n arwyddo'r papur ac yna'n cael y cerdyn yn ôl. Mewn gwirionedd, dydi o ddim yn cymryd llawer llai o amser na siec. Rwy'n dychwelyd i'r car ac yn dangos y bloda i Bigw.

'Wnaiff rhain y tro, Bigw?'

'Del iawn.'

Mae popeth yn ddel iawn gan Bigw.

* * * * * *

Mae hi'n edrych ar y bloda ac yn dotio atynt. Tydi o'n biti na fasa hithau'n gallu eu gweld? Roedd hi wastad yn dotio at floda. Oedd Harri'n licio bloda? Fedra hi ddim cofio. Doedd hi ddim yn cysylltu Harri efo bloda. Mi fydda hi wedi licio cael rhoi bloda ar fedd Harri, ond chafodd hi erioed weld bedd ei brawd. Chafodd hi ddim mynd i'r cynhebrwng hyd yn oed. Wyddai hi ddim a gafodd gynhebrwng. Cawsant wasanaeth coffa adref. Ond dyn a ŵyr sut ddaru nhw ei gladdu o. Doedd bosib eu bod wedi rhoi cynhebrwng iawn i bob un o'r milwyr, mi fydden nhw wrthi tan ddydd Sul pys. Rhyw ddydd, daeth gŵr i'r drws, gŵr nad oedd hi erioed wedi ei weld o'r blaen.

'Miss Hughes? Ai chi yw chwaer Mr. Harri Hughes?' Doedd neb wedi ei chyfarch felly o'r blaen.

Wedi bod yn Ffrainc oedd y dyn yn chwilio am fedd ei dad. Tra roedd yn mynd drwy'r enwau, daeth ar draws enw hogyn o Garneddau, a daeth o hyd i'w fedd. Tynnodd ei lun a cheisio canfod oedd

gan y bachgen deulu yn dal i fyw yn lleol. Rhodd-
odd y llun yn ei llaw. Roedd Lisi wedi cael un llun
o'r bedd gan y Fyddin, llun du a gwyn o fedd plaen,
'Private Henry Gwilym Hughes, 2nd Battalion,
Welsh Regiment. Died in action. Passchendaele.'

Ond roedd y rhain yn luniau gwahanol. Yr oedd
llun o'r bedd—mewn lliw y tro hyn, ond roedd llun
o'r fynwent hefyd. Am y tro cyntaf, cafodd weld
mewn sut fynwent yr oedd Harri'n byw. Welodd hi
erioed fynwent debyg. Roedd miloedd o feddau yn
rhesi ar resi. Pob un yn garreg wen yn union yr un
hyd a'r un maint. Edrychent yn drefnus iawn, yn
union fel milwyr mewn rhes. Ni ddychmygodd
erioed y gallai cymaint o feddau fod yn yr un man.
Sylweddolodd mai un enghraifft ymysg miliynau
oedd ei thrallod hi. Ond roedd un peth ar goll.
Doedd dim blodau ar y beddau, dim ar yr un oho-
nynt. 'Roesoch chi floda ar y bedd?' gofynnodd.
'Naddo, byddai hynny wedi ei wneud yn wahanol
i'r gweddill,' meddai'r dyn dieithr.

Cymrodd y lluniau a diolchodd i'r dyn a ffarwelio
ag o. Welodd hi byth mohono wedyn. Holodd hi
ddim beth oedd ei golled ef. Doedd hi ddim eisiau
rhannu. Doedd neb wedi mynd drwy'r hyn oedd hi
wedi ei brofi. Chwarae teg iddo am fod mor fedd-
ylgar hefyd.

* * * * * *

'Faint oeddan nhw'n gostio?'
'Peidiwch â thrafferthu, Bigw.'
'Mae'n rhaid i mi gael gwybod.'
Beth oedd yr ysfa yma ynddi i beidio â bod mewn

dyled i neb? Pam na allai hi dderbyn rhodd yn dawel?

Dyna sut y cofiai hi erioed. Mi fydden ni blant yn eistedd yn y parlwr tywyll a bydda Bigw yn estyn ei bag. Byddem yn mynd yn dawel, dawel ac yn edrych ar ein gilydd. Wedi dod o hyd i'w phwrs, bydda Bigw yn cael gafael ar yr arian ac yn gwthio rhywbeth gwirion fel punt, neu bumpunt weithiau, i'n dwylo. Wedyn, heb arlliw o addfwynder, byddai'n dweud reit siarp, 'A dim gair wrth eich Mam'. Fydda Nain yn gallu rhoi rhywbeth mor syml â brechdan neu ŵy i ni efo mwy o haelioni, a byddem yn teimlo ein bod yn cael rhywbeth arbennig. Efo Bigw, roedden ni'n teimlo ein bod yn gwneud rhywbeth drwg. Byddem yn cadw ei gorchymyn nes dod adref, ond yna byddai'n rhaid egluro i Mam beth oedd y cyfoeth annisgwyl oedd gennym. 'Ylwch be gawson ni gan Bigw.' 'Brensiach annwyl,' fydda Mam yn ei ddweud ac yn cymryd y prês oddi arnom yn syth yn barod i'w roi yn ôl i Bigw tro nesaf. Wrth gwrs, byddai'r cyfarfyddiad nesaf rhyngom a Bigw yn un anghyfforddus. Byddem yn eistedd mewn rhes ar y soffa fel diffinyddion mewn llys. Yna fe ddeuai Bigw atom yn flin, a gofyn, 'I be oeddech chi eisiau dweud wrth Mami?' a golwg gyhuddgar yn ei llygaid. Gallaf glywed ei llais yn awr, a'r chwithdod o glywed rhywun yn cyfeirio at Mam fel 'Mami'. Byddem yn gymysglyd ein teimladau, wedi ceisio gwneud y peth anrhydeddus, ac wedi llwyddo i bechu'r ddwy ochr. Byddai Bigw yn pwdu efo ni am dipyn, ac yna'n gwneud yn union yr un peth cyn pen diwedd y mis. Roedd yn gas gennym yr holl fusnes. Mae'n rhaid ein bod wedi sylweddoli yn y diwedd ein bod yn cael ein defnyddio fel gwystlon mewn rhyw hen ffrae. Wyddai Bigw ddim beth i'w wneud â'i harian, felly doedd waeth iddi ei roi i'r plant ddim. Ond fynnai Mam ddim cardod o'r fath. Roedd hi'n gallu rhoi popeth i'w phlant heb gymorth Bigw. Ie, rhyw hen fusnes gwirion oedd y cyfan.

* * * * * *

'Ylwch, mae 'na chydig o grisps a diod i chi'n fanna, os 'da chi'n teimlo'n llwglyd.'

Rydw i'n estyn y pethau o'r cefn efo un law a'u rhoi ar lin Bigw tra'n llywio'r car o'r garej yn ôl i lif y traffig. Mae pum munud yn mynd heibio.

''Gorwch nhw Bigw,' dwi'n ei ddweud mewn llais uchel. Ddylwn i ddim codi fy llais arni, ond mae mor araf yn deall. Drwy gil fy llygaid, gwelaf Bigw yn edrych ar y pethau am amser hir iawn. Mae'n eu bodio, yn eu troi drosodd, yna mae'n rhoi cynnig ar agor y bag creision. A'n helpo. Mae hi'n cymryd oes i dynnu ei menyg ac yna'n rhoi cynnig arall arni. Anobeithiol. Mi fydda fo'n haws i mi wneud ond rhaid i mi beidio. Rhaid iddi wneud ymdrech drosti ei hun. O'r diwedd, mae'r bag yn clecian agor ac mae'r creision yn tasgu i bob man.

'Bobl bach!' medda Bigw.

Fedra i wneud dim byd ond gwenu.

'Helpwch eich hun,' meddai, a throis fy mhen i edrych arni gan ddal yn ei hedrychiad olwg ddireidus.

Bigw annwyl, wyddwn i ddim p'un ai i chwerthin

neu grio. Gadewais i'r car fynd yn ei flaen ohono'i hun, a gafael yn y bocs diod cyn iddi wneud smonach o hwnnw. Gwthiais y gwelltyn i'r twll a'i sipian yn braf, yna'i basio ymlaen i Bigw. Yfodd hithau ei siâr, a synnu at y blas siarp. Wrth iddi yfed yr hylif trofannol arall-fydol oedd yn gymysgedd anghredadwy o bob ffrwyth yn y jyngl, digwyddodd trawsnewidiad gwyrthiol. Tasgodd cudynnau o wallt gwinau hardd o'i phen, toddodd ei sbectol i ddangos pâr o lygaid sionc, esmwythodd ei chroen fel cotwm dan hetar, diflannodd y crychau, a daeth rhyw wytnwch newydd i'w chorff. Gallwn arogli ei ffresni a'i hawydd i fyw. Edrychodd y ddwy ohonom ar ein gilydd a chwerthin a chwerthin heb reswm yn y byd. 'Diawch, tyrd allan o'r car 'ma,' meddwn i a heb i mi sylweddoli, roedd y car wedi gadael y ddaear ac yn gyrru'n hamddenol drwy'r awyr. 'Whî!' meddai hi, 'gafael ynof i!' ac yn lle dis-gyn fel carreg, cymerais ei llaw ac roeddem fel dau aderyn. Cymerais innau ddracht o'r ddiod wedyn ac roedd mor felys â'r gwin. Gadewais iddo lifo drosof yn rhaeadrau, roedd yr haul mor ddisglair ac yn chwarae gyda ni yn bryfoclyd. 'Y blodau!' gwaeddodd Bigw, ac edrychais i fyny a'i gweld yn bwrw blodau, cafod fawr o flodau amryliw yn ein tagu gyda'u perarogl. 'Dal nhw!' medda fi wrthi a dyma lwyddo i gael gafael ar lawer ohonynt, ond hedfanodd y gweddill i ffwrdd gyda'r awel. Pan ddaethon ni i'r ddaear yn y diwedd, roedden ni ar fryncyn braf, y gwair yn hir ac yn ir o'n cwmpas, fel matres esmwyth. Chwerthin a chwerthin ddaru ni, a finnau'n mwynhau edrych ar Bigw yn hapus, ei gwallt newydd yn siglo yn ôl a blaen fel pendil, a'i dannedd gwyn yn y golwg.

'Yf, Bigw, yf . . . .'

Yn y diwedd, rwy'n cymryd ei phen i'm dwylo ac yn torri pennau'r blodau i gyd i ffwrdd. Wedyn, rwy'n eu plethu'n gadwyn ddel yn ei gwallt nes ei bod yn edrych fel brenhines. Mae ei ffrog gotwm ysgafn yn esmwyth i'r cyffyrddiad, ac mae 'na gymaint o hapusrwydd ynof.

'Pwy wyt ti yn ei licio, Bigw?'

'Dydw i ddim yn dweud.'

'Pwy sy'n dy licio di, 'ta?'

'Wn i ddim.'

'Pwy sy'n caru dy wallt hir tywyll ac yn ysu am gribinio ei fysedd drwyddo? . . . Bertie?'

Chwardd Bigw yn bryfoclyd.

'Na, dim ond ffrind ydi o. Os oes rhaid i ti gael gwybod, Ellis ydi o.'

Saib.

'Dwed di, pwy ydi dy gariad di?' medda hi.

'Pwy dwi'n ei garu neu pwy sy'n fy ngharu i?'

'A-ha, yr hen ofid. Dwyt ti ddim yn caru Robin mwyach?'

'Wn i ddim, mae o'n hogyn cyfforddus i fod yn ei gwmni—fatha hen slipars o flaen y tân, ond rwy'n dechrau blino arno.'

'Dwi'n siŵr fasa fo'n licio cael ei gymharu i hen slipar.'

'Mi wyddost be 'dwi'n feddwl.'

A dyna lle rydan ni am oesoedd yn sgwrsio am bethau fydda pobl mewn oed yn eu hystyried yn wirion. Yn sydyn, mae'n dweud wrtho i,

'Cod dy ben.'

'Pam?'

Mae'n rhoi blodyn melyn dan fy ngên.

'Rwyt ti yn ei garu!' meddai wrth weld adlewyrchiad y melyn ar fy nghroen.

'Ti'm yn credu rhyw goel gwrach fel yna,' meddwn i, ac mae'n rhoi ei dwy fraich amdanaf ac yn fy nghofleidio.

* * * * * *

Mae yna sŵn erchyll i'w glywed o'r tu ôl i'r car, fel tasa ei waelod o'n crafu ar greigiau garw, ac rydyn ni'n dod i stop. Rydw i'n mynd allan o'r car i weld y difrod.

'O diar, Bigw—pynctiar . . . .'

'O, a'n helpo, beth wnawn ni?'

'Newid yr olwyn fyddai'r syniad callaf, debyg gen i.'

Dwi'n estyn y 'nialwch i gyd o gefn y car, yn rhoi cadach ar lawr ac yn rhoi y jac yn ei le.

'Well i chi ddod allan Bigw,' medda fi, cyn codi'r car. Wedi ei chael hi allan, dwi'n sylweddoli nad oes ganddi ddim byd i eistedd arno. A wel, bydd yn rhaid iddi sefyll 'ta, does yna ddim dewis.

Ar ôl rhoi popeth yn ei le, rydwi'n gweld nad oes gen i ddigon o nerth i lacio'r bolltiau. Mae hyn yn digwydd bob tro. Pam mae'n rhaid iddyn nhw eu gosod nhw mor dynn? Mae coesau Bigw ar fin rhoi oddi tani, felly tynnaf fy nghôt a cheisio ei chael i eistedd ar y gwair. Y drafferth oedd nad oedd ei chymalau yn plygu. Roedden nhw fel tase nhw wedi rhydu i gyd. Cofiais am ryw siswrn gwyrthiol oedd gan Mam ers talwm, siswrn tylwyth teg fydden ni yn ei alw am ei fod o yn plygu yn fach fach. Fe ddois i o hyd iddo flynyddoedd wedyn, a methu ei agor o gwbl gan gymaint y rhwd. Roedd corff Bigw yn union fel y siswrn. 'Ron i bron â gwylltio efo hi am fod mor stiff ond nid y hi oedd ar fai.

Bu raid inni aros wedyn yn gwneud golwg druenus ar ein hunain nes i gar stopio. Fuo ni ddim yn hir. Rhaid i mi gofio hynny tro nesa dwi angen help efo'r car—mae gosod hen wreigen naw-deg-rwbath ar y gwair gerllaw yn gweithio'n dda iawn. Newidiodd y Samaritan yr olwyn, ac o fewn dim, roedd y joban wedi ei gwneud.

'Cymrwch ofal o'r hen wreigen, mae hi'n fusgrell eithriadol,' medda'r dyn, fel taswn i ddim wedi sylwi.

'Gobeithio na ddigwyddith hynna eto 'te?' meddai'r hen wreigen fusgrell eithriadol.

'Wyddoch chi byth, mae yna dair olwyn arall ar ôl,' meddwn innau, gan roi winc arni.

Pwy andros oedd Ellis 'ta? Mae o i weld yn y lluniau ac mae pawb yn gwneud llais digalon wrth sôn amdano.

'A phwy ydi hwn yn fama efo chi, Mam?' arferwn ofyn wrth edrych ar y lluniau.

'O, Yncyl Ellis druan ydi hwnna.'

Fel Yncyl Ellis Druan y'i hadwaenid.

'Yncyl Ellis ydi hwn hefyd?'

'Ia . . . ew, oedd o'n ddyn clên.'

'Mam, pwy oedd Yncyl Ellis?'

'Ffrindia Bigw.'

Ac Yncyl Ellis Druan Ffrindia Bigw oedd o wedyn am byth, achos unwaith mae plant wedi cael eglurhad, maen nhw'n fodlon. Aeth blynyddoedd maith heibio cyn i mi edrych ar yr hen luniau rheini eto, a dyfalu wrthyf fy hun fel oedolyn pa fath o ffrind oedd Ellis.

* * * * * *

'Cau'r llyfr a phaid â dod allan, paid meiddio. Aros yna yn y ffrâm sydd wedi ei chuddio dan fy nillad isaf—paid dod o'na. Hen hogyn drwg fuost ti erioed.

'A 'drycha golwg sydd arnot ti, yn felyn i gyd a llwch drosot ti, tithau'n arfer bod yn hogyn mor smart. Be sy'n bod, tyrd yma . . . .

'Paid! Cadw i ffwrdd! Cau dy lygaid a phaid edrych arnaf. Dydw i ddim ffit i ngweld, rydw i'n boen i'r llygad. Paid colli'r atgof sydd gen ti ohonof fel yr oeddwn ers talwm. Cofia fi felly pan oeddwn yn wyn a glân.'

'Ddychrynet ti pe gwelet ti fi rŵan. Does gen i ddim corff. Does gen i ddim ffordd o dy garu. Dydw i'n ddim ond esgyrn sychion, ond Lisi, be roeswn i'n awr am gael dy wasgu di ataf, ac iti ddod i lawr efo mi i'r dyfnderoedd fan hyn, lle na welai neb ein gwarth ni, lle cuddiai'r ddaear ein cywilydd. Lle mai dim ond y ni fydd yna . . . .

'Rwyt ti mor real i mi rŵan ag y buost ti erioed. Rwyt ti'n ysbryd clên, yn bresenoldeb cynnes sy'n cadw cwmni i mi. Yli beth sydd gen i yn cuddio yn fan hyn—dy gyfflincs di, a'r gragen fach honno a roddaist ti i mi unwaith.'

Cragen? Roddais i ddim mwy na chragen i ti?

'Hon oedd dy anrheg gynta i mi. Mi ddaru ti ngadael i mor sydyn.'

Gad i mi ddod atat.
'Mi ges ti dy gyfle.'
Dwi'n difaru. Gad i mi ddod.
'Paid! neu mi waeddaf ar y Mêtryn. Cadwa i ffwrdd. Chei di ddim dod i mewn.'
Rydw i'n oer ac yn unig.
'Dos oddi yma efo dy esgusodion.'
Paid â'm gwrthod i, yn enw'r nefoedd, PAID!

Ac yna fe gododd o'i gwely yn araf, araf. Doedd wiw iddi wneud gormod o sŵn er ei bod yn teimlo fod clecian ei hesgyrn yn siŵr o ddihuno pawb. Dim ond y smic lleiaf oedd ei angen cyn iddyn nhw ruthro atoch. Roedd wedi cael cerydd o'r blaen am godi yn y nos. Nawr roedden nhw wedi rhoi mat arbennig iddi, mat fyddai'n canu cloch yn stafell y Mêtryn pan fyddai'n sathru arno. Byddai'n rhaid iddi ochel yn awr rhag ei sathru.

Yna, yn araf, O mor araf, mae'n eistedd ar erchwyn ei gwely. Yn araf, O mor araf, mae'n codi ei choban. I fyny ac i fyny gan ddangos ei choesau llawn briwiau i'r byd. Mae'n anodd gwneud hyn heb help y merched, ac mae'r boen yn ei chefn yn brathu'n gïaidd. Llwydda i ddiosg y goban oddi amdani ar wahân i un lawes. Yna, gam wrth gam, mae'n mentro at y ffenest, yn agor peth ar y llenni, ac yn gadael i olau'r lleuad ei chyffwrdd, O mor dyner! Gwêl ei chorff truenus, y bronnau fel dwy leden lipa, ei chroen tenau fel hances bapur, ac amlinell ei hesgyrn brau i'w gweld yn eglur oddi tano. Mae'r blew oedd yn cuddio ei chywilydd wedi hen fynd, a'i choesau fel priciau.

Mae ysbryd Ellis yn cael ei ddychryn i ffwrdd.

'Dall ei choesau ddim ei dal rhagor, ac mae'n siglo. Ni all achub ei hun rhag y gwymp ac mae'r mat yn dod yn nes ac yn nes. Rhaid iddi beidio â chyffwrdd y mat. Wrth geisio ei osgoi, trawa ei phen yn erbyn braich y gadair. Mae'n disgyn yn glewt ar y llawr. Mewn dim, mae'r gloch wedi canu, mae sŵn traed yn rhuthro i fyny'r grisiau, egyr y drws ac mae'r golau llachar yn ei dallu.

'Miss Hughes! Beth ar wyneb y ddaear ydych chi'n ei wneud?'

Mae sŵn traed o'i chwmpas. Mae ei phen ar y llawr. Mae wedi gwaedu ei hun eto.

'*Naughty girl*, Miss Hughes, *naughty girl* ....' Y cywilydd. O'r cywilydd.

Llosgwch fy nghorff ar farwor poeth a chwythwch y llwch i'r pedwar gwynt.

10

Waeth gen i beth sy'n digwydd ar y daith yma. Rydw i'n falch 'mod i wedi dod â hi—petai ond er mwyn iddi gael gorffwys o'r lle yna. Dydi o ddim yn iawn fod neb yn cael ei gadw dan y fath amodau. Roedd ymweld â'r lle yn union fel ymweld â sŵ. Mynd heibio'r ystafelloedd a chael cipolwg drwy rai o'r drysau cilagored ar anifeiliaid bach fel petaent yn sbecian allan o'u cewyll. Roedden nhw i gyd yn fach, i gyd yn ferched, ac i gyd yn anhygoel o hen.

Mi geisiodd hi bob ffordd i beidio mynd yno, ond doedd ganddi fawr o ddewis. 'Gwnewch un addewid i mi,' meddai hi unwaith pan oedd yn iau, 'Peidiwch byth â'm gyrru i Gartref.' Ond torri'r addewid ddaru ni, doedd dim dewis.

Rydw i'n cofio eistedd yn y parlwr yn ein tŷ ni yn disgwyl i'r ambiwlans oedd i fod i fynd â hi. Dim ond y ni'n dwy oedd yn yr ystafell, a doedd yna fawr o sgwrs. Syllai arnaf fel hogan fach wedi digio. Yna, edrychodd i fyw fy llygaid a dweud,

''Da chithau wedi troi yn fy erbyn i hefyd.'

Fedrwn i ddweud dim i amddiffyn fy hun.

* * * * * *

Mi ddigwyddodd yna beth rhyfedd iawn rai

blynyddoedd yn ôl, a fedra i wneud dim ond adrodd y stori fel y digwyddodd.

Mi godais un bore wedi cael breuddwyd ryfedd, ac fe'i hadroddais wrth Mam. Yn y freuddwyd, yr oeddwn wedi gweld Bigw ar ei chwrcwd yng nghongl yr ystafell a golwg druenus iawn arni. Roedd dynion drwg wedi torri i mewn i'w thŷ ac ar fin ymosod arni. Gwelais Bigw druan yn codi ei breichiau i amddiffyn ei hun, ac yna deffrois. Beth amser wedyn, mi ganodd y ffôn. Mr. Rowlands oedd yno, cymydog Bigw. Roedd o braidd yn bryderus ei bod hi'n un ar ddeg y bore a llenni Bigw yn dal ar gau. Fydde fo'n syniad i ni ddod draw i wneud yn siŵr fod popeth yn iawn? Aeth fy nhad draw ar ei union a chanu'r gloch yn nhŷ Bigw. Ni chafodd ateb. Ceisiodd guro ar ddrws y cefn. Doedd dim ateb i'w gael yno ychwaith. Yn y diwedd, doedd dim amdani ond torri i mewn i'r tŷ. Llwyddodd i fynd i mewn a gwaeddodd enw Bigw. Teimlodd ryddhad mawr pan glywodd lais egwan o bellafoedd y tŷ. Mentrodd i'w stafell wely, ac yno yr oedd Bigw. Nid oedd yn y gwely, roedd wedi disgyn allan ohono, a gorweddai yn un swp yn y gornel wedi ei chaethiwo rhwng y wal a'r gwely. Yn ei choban ac yn droednoeth, yr oedd wedi fferru ac roedd ei llygaid yn llawn ofn. Am ba hyd tybed oedd hi wedi bod yn gorwedd yn fanno?

'Bigw druan, beth ddigwyddodd?' gofynnodd fy nhad.

'Dynion drwg ddaeth yma a thrio dwyn pethau,' meddai.

Bob tro y bydda i'n dwyn yr hanes yna i gof, mae'n fy rhyfeddu. Beth oedd yna yn clymu

Bigw a minnau?

* * * * * *

'Dydi hwnna ddim yn edrych yn arwydd da iawn, Bigw.'
'Beth sy'n bod?'
'Mwg mawr yn dod o dan y bonet—edrychwch.'
'O diar.'
Roedd hi'n braf rywsut ar Bigw. Waeth befo beth a ddigwyddai, roedd Bigw yn gwbl anabl i wneud dim byd. Y cwbl oedd disgwyl iddi ei wneud oedd dweud 'O diar', a dyna ei chyfraniad hi ar ben. Câi ei hesgusodi o bob sefyllfa. Mi wn i nad oes disgwyl i hen bobl naw-deg-rwbath dorchi eu llewys i drwsio ceir, ond mae'n siŵr ei bod yn braf gwybod nad oes raid i chi bryderu am fod pob gallu i wneud rhywbeth tu hwnt i chi. Af allan o'r car a sylwi ei bod yn pigo bwrw. O'r gorau, o gael dewis, mae'n siŵr fod yn well gen i fod yn bump ar hugain ac yn gorfod trwsio ceir yn y glaw na bod yn gaeth ac yn gwbl anabl i wneud dim.

Codaf y bonet a syllu ar gynnwys y cyfan. Dyna'r peth cyntaf a wnaf pan fo rhywbeth o'i le ar y car. Does gen i fawr o syniad ar beth i edrych, ond mae o'n beth greddfol i godi'r bonet pan ydych mewn trwbwl (ar wahân i'r adeg pan mae gennych bynctiar, wrth gwrs). Mae o o leiaf yn arwydd i eraill eich bod yn bwriadu cael eich hun allan o drybini.

Beth allai fod o'i le tybed? Rydw i'n edrych ar ymysgaroedd y car fel petawn i'n disgwyl i rywbeth roi ochenaid i ddangos poen. Wedi troi pob caead, cofiaf yn sydyn am y tanc dŵr ac agoraf hwnnw.

A-ha! Dim dŵr! Does ryfedd ei fod yn stemio cymaint!

'Bigw, oes dŵr i'w gael yn ffrynt y car yna, potelaid o ddŵr . . . . Hitiwch befo, mi edrycha i . . . .'

'Mi fydd eisiau dŵr ar y bloda yn reit fuan.'

'Mae mwy o'i angen ar y car ar hyn o bryd neu fyddwn ni na'r bloda yn cyrraedd 'nunlle.'

Dim dŵr. Dwi'n gwybod fod o'n rhywle. Mae 'na botelaid fach o ddŵr yma ar gyfer Argyfyngau. A phan mae'n dod yn Argyfwng, fedra i ddim dod o hyd i'r botel. Beth yw'r pwynt trio bod yn drefnus?

Rydw i'n ailgychwyn y car.

'Mae o'n mynd yn iawn tydi?'

Mae'n rhaid fod hon yn ddall. Mae 'na gymaint o fwg bellach fel prin 'mod i'n gweld i lle dwi'n mynd. Mae rhywbeth yn siŵr o ffrwydro.

'Garej ydan ni eisiau—ar frys. Lle mae'r garej agosaf?'

Siarad efo fi'n hun yn uchel ydw i wrth gwrs, ond mae Bigw yn clywed, ac mae'n crafu ei phen yn ceisio meddwl lle mae'r garej agosaf. Ymhen hir a hwyr, pan dwi'n agos at ddagrau, rydan ni'n dod o hyd i un.

Does gan ddyn y garej fawr o fynadd efo fi. Hogan wirion yn anghofio peth mor elfennol, mi fedra i ei glywed o'n dweud wrtho'i hun. Pam na fasa hi'n edrych cyn cychwyn? Mae o'n iawn wrth gwrs. Does gen i ddim esgus. Ond dwi ddim yn licio edrych dan fonet y car cyn cychwyn rhag *ofn* i mi ganfod rhywbeth o'i le ac mi fydde hynny yn fy ngwneud i'n hwyrach nag ydw i yn cyrraedd pob man. Beth bynnag, 'blaw am bobl fel fi fasa dynion fel fo ddim mewn busnes. Tasa pawb yn cadw ei gar yn berffaith, be fydda hwn yn ei wneud drwy'r dydd? Edrychaf ar ei ddwylo budr medrus yn troi y peth hwn a'r peth arall i sicrhau fod y peiriant yn iawn. Mae o'n dweud wrthyf am danio'r injan ac yn gwrando'n astud arno a'i ben ar dro.

'Dydi o ddim gwaeth, nac ydi?' meddaf wrtho mewn llais gobeithiol.

Mae'r dyn yn pesychu. 'Hmm, nac ydi, ond peidiwch â gwneud peth mor wirion eto, ma'n rhaid i injan gael dŵr. Cariwch botelaid o ddŵr efo chi.'

Does dim pwynt trio dweud wrtho.

'Iawn, llawer o ddiolch i chi.'

Ar ôl y bennod fach yna, awn ymlaen ar ein taith. Rydw i'n ceisio cael Bigw i 'nifyrru i.

'Deudwch ych hanes pan oeddach chi'n byw yn G'narfon, Bigw.'

'Pa hanes?'

Mae'n gwybod yn iawn.

'Yr hanesion rheini fyddwch chi'n licio eu hadrodd amdanoch chi'n blant.'

'Dydw i ddim yn eu cofio.'

Mae'n cofio'n iawn.

'Dowch yn eich blaen. Mae gennych chi storis am smyglars.'

Ac mae Bigw yn dechrau adrodd y storïau, ac rydw innau'n gwrando. Rydw i wedi eu clywed nhw ganwaith, ond dydi o ddim ots. Mi fydda i'n licio gwrando ar ei llais hi yn eu hadrodd. Mi fydda i'n licio ailgreu yr olygfa o'r nos dywyll yn nhref Caernarfon a'r rhes o dai yn Church Street. Prin y sylwch chi ar y llenni wedi eu tynnu fymryn lleiaf yn un ffenest, a thri phlentyn bach yn aros yn eiddgar. Wedi hanner nos, dacw hwy'n dod, y dynion rheini a'r ceffylau du yn tynnu'r hers ddu. Does yna'r un enaid byw allan, feiddiai neb fod o gwmpas efo'r pethau rhyfedd yna yn digwydd ym Mhorth yr Aur. Câi straeon eu lledaenu am far-wolaethau a llofruddiaethau ar y môr, a'r modd y cleddid y cyrff hyn yn y dirgel. Ble cawsant eu claddu, wyddai neb. Ond y gwir amdani oedd nad oedd cyrff yn yr eirch o gwbl, chwedlau smyglars yn cael eu taenu yn fwriadol oeddynt i gadw pobl fusneslyd i ffwrdd o'r cei. 'Ron i'n licio'r straeon yma. Wyddwn i ddim faint o wir oedd ynddyn nhw, ond roedden nhw'n straeon da.

'Mi oedd gennych chi stori arall—honno am yr ysbryd yn y cwpwrdd.'

'Na, dwi ddim yn dweud honna.'

Fydda hi byth yn dweud honna, dyna pam yr oeddwn i'n ysu am ei chlywed. Ond doedd dim yn tycio. Mae'n rhaid fod yna atgofion annifyr ynglŷn â hi nad oedd Bigw am eu dwyn i'r wyneb. Tybed allwn i fentro sôn am Ellis . . . ond dydw i ddim yn gwneud. Mae 'na gymaint o atgofion gan Bigw fel 'mod i ofn taro yn rhy agos at y byw. Mae 'na hen ddigon o bobl yn ei phoeni am straeon pell i ffwrdd heb i mi ddechrau arni.

* * * * * *

'Ydych chi'n falch eich bod chi wedi dod allan, Bigw?'

'Mmm,' medda Bigw, fel tasa hi ddim yn siŵr

iawn.

'Wel mae o'n well na bod yn y Cartra 'na tydi?' meddwn i yn ceisio ei chael i werthfawrogi'r daith.

'O ydi.'

'Ydi'r lle cynddrwg â hynny?'

'Hen le ofnadwy ydi o.'

'Beth sydd mor ofnadwy yn ei gylch?'

'Bwyd sâl. Dydyn ni ddim yn cael digon o gig.'

Faswn i ddim yn meddwl fod ganddi ddigon o ddannedd yn ei phen i fwyta cig.

'Da chi'n cael digon o de, 'tydach?'

'Paned sâl. Ac amser te, mi gewch chi frechdan dena ddim mwy na'ch bys chi, a bisged os ydach chi'n lwcus.'

'Biti 'de? Ond mae'r genod yn glên efo chi.'

'Hen genod *cheeky* ydyn nhw. Ac maen nhw'n dwyn.'

Dwi'n difaru 'mod i wedi dechrau y sgwrs yma.

'Tydyn nhw ddim yn dwyn, Bigw. Chi sydd ddim yn gwybod lle maen nhw'n rhoi eich pethau chi.'

'Maen nhw'n dwyn popeth gân' nhw afael arno fo. A maen nhw'n byta fy *chocolates* i a'n grêps i. Ac mae pob un o'r *ladies* eraill o'u co.'

Mae hynny'n eitha gwir. Bigw ydi'r calla ohonyn nhw.

* * * * * *

Ddylia hi ddim fod wedi cael ei gyrru yno. Roedd o'n beth gwael iawn i'w wneud. Dim ond am ei bod yn syrthio allan o'i gwely—dyna'r unig esgus oedd ganddynt. Ond dyna fo, pwy oedd eisiau hen wreigen i ddifetha eu bywyd? Fydda Hanna ddim wedi ei gadael. Mi ddaeth Hanna a hi yn llawer nes at ei gilydd wedi i'w gŵr farw. Biti iddi briodi o gwbl. Dyn blin oedd o. Tase Harri'n fyw, mi fydda fo wedi gofalu amdani. Ond doedd Hanna a Harri ddim yn fyw, felly ofer oedd meddwl amdanynt. Roedd hi'n ddigon hapus yn byw ei hun, dim ond ei bod hi'n cael damweiniau drwy'r amser. Ond pan ddaeth i'r Cartref, torrodd ei hysbryd. O'r funud y daeth yno, roedd yn gas ganddi'r lle.

Pam nad oedd hi yn ei licio? Hen gwestiwn gwirion. Am nad oedd o'n gartre iddi hi 'te. Fasa Eleni neu ei mam yn fodlon byw yn y fath le? Fasa nhw ddim yn para'n hir yno. Mae pawb arall yn wallgo yno. Roedd hi'n teimlo allan ohoni am nad oedd hi'n wallgo, ac weithiau fe gymrai arni ei bod yn wallgo dim ond er mwyn peidio teimlo'n od. Mae petha felly'n sicr o ddrysu rhywun.

Doedd yna ddim i'w wneud yno. O'r amser roedden nhw'n cael eu codi i'r amser roedden nhw'n cael eu rhoi yn ôl yn eu gwlâu, y cyfan roedden nhw yn ei wneud oedd eistedd yn y parlwr yna yn edrych ar ei gilydd. Fe wyddai am bob crych ym mhob wyneb bellach. Anaml iawn y deuai rhywun yno, dim ond dod yno o ran dyletswydd oedden nhw. Doedd ganddi ddim llai na'u hofn nhw, ac roedd ganddi fwy o ofn y Mêtryn na neb. Roedd honno'n hen g'nawes gïaidd. Dwyn y pethau iddi hi a wnâi'r merched, ac wedyn fe werthai y Mêtryn nhw i siopau ail-law. Roedd hi wedi colli peth wmbreth o bethau. Heb sôn am y cannoedd o bunnau a dalai iddynt bob mis. I ba ddiben y cynilodd ei holl arian yn ystod ei bywyd, dim ond i'w drosglwyddo i gyd i hen ddynes fatha honno ar ddiwedd ei dyddiau? Mi fyddai Eleni yn mynd â hi'n ôl y noson honno a byddent yn ei rhoi yn ei gwely fel pob noson arall. Ni fyddai neb yn holi ei hanes ac yn gofyn lle yr oedd wedi bod, fyddai neb eisiau gwybod. Dim ond cyfri'r dyddiau tan ei myned a wnâi'r Mêtryn, iddi gael y gwely ar gyfer rhywun arall. Does ryfedd nad oedden nhw'n cael llawer o fwyd—doedd y Mêtryn ddim am eu gweld yn byw yn hwy nag oedd raid. A'r holl dabledi—ni wyddai beth oedd eu hanner, ond doedd bosib fod cymaint â hynny yn gwneud lles i neb.

Pam oedd yn rhaid i Eleni ddechrau holi am y Cartref? Roedd hi wedi mynd ymhell oddi yno i'w anghofio. Roedd hi'n berson normal yn mynd am dro mewn car. Nawr, suddodd ei chalon wrth feddwl y byddai'n rhaid iddi ddychwelyd yno. Am ba hyd y byddai hi yno? Roedd ei thŷ yn dal ar gael a byddai'r teulu yn nodio eu pennau yn ddeallus pan soniai am fynd yn ôl yno. Ond chymrai neb sylw ohoni. Roedd yn y Cartref ers tair blynedd bellach. Doedd pethau ddim yn edrych yn obeithiol.

11

Yno y bydd hi rŵan. 'Daiff hi byth o'na. Fanna bydd hi tan ddydd ei marw. Mae hi'n dal i sôn am fynd adre druan. Beth ydi'r ysfa ddychrynllyd 'ma mewn hen bobl i gadw eu cartrefi? Annibyniaeth siŵr o fod. Ond roedd o'n hen dŷ tamp, anghyff-orddus, ac yn oer drwy'r amser. Yn y Cartref, fe gâi fwyd a gwres, a byddai rhywun yn meddwl y byddai'n falch o'r gwmnïaeth.

* * * * * *

Y ci oedd yr unig un wnaeth hi ffrindiau go iawn efo fo—labrador mawr du o'r enw Jumbo. Deuai Jumbo ati bob cyfle a gâi ac aros am fwythau ganddi. Jumbo oedd yr unig un call ohonyn nhw. Arferai'r ci eistedd am amser maith wrth ei chadair yn syllu'n ddefosiynol arni. Roedd ganddo lygaid dwys treiddgar a theimlai fod Jumbo yn deall ei thrafferthion. Weithiau, byddai'n siarad efo fo pan nad oedd neb arall yn y stafell, ond hyd yn oed pan oedd y ddau ohonynt yn dawel, ac yn gwneud dim byd ond syllu ar ei gilydd, teimlai fod yna gytgord perffaith. Teimlai yn grand mai hi a ddewiswyd gan Jumbo i fod yn ffrind iddo. Mae cŵn yn gall. Diau ei fod wedi sylwi mai hi oedd yr unig un synhwyrol yn y Cartref.

Un diwrnod, doedd Jumbo ddim o gwmpas, a bu hi'n aros drwy'r bore amdano. Pan nad oedd golwg ohono yn y pnawn, dechreuodd bryderu yn ei gylch a holodd un o'r merched. Dywedodd honno ei fod o gwmpas y tŷ yn rhywle. Ond welodd hi ddim golwg ohono y diwrnod hwnnw na'r diwrnod wedyn a syn-hwyrodd fod rhywbeth yn bod. Bob tro yr holai am Jumbo, roedd pawb fel petaent yn ei hosgoi. Doedd dim amdani yn y diwedd ond mynd i holi'r Mêtryn. Estynnodd am ei phulpud, ond ni allai ei gyrraedd. Trodd i ofyn am help gan Mrs. Humphreys ond roedd honno'n cysgu'n drwm. Pwy fyddai yn ei helpu? Mewn awr, byddai yn amser paned. Bu'n pendwmpian am dipyn a phan edrychodd ar ei wats eto, dim ond chwarter awr arall oedd yna tan amser paned. Dyna falch oedd hi o weld Jane yn dod i mewn gyda'r hambwrdd. Tywalltodd gwpaned o de i bawb ac yn y diwedd daeth ei thro hi.

'Jane, fasach chi ddim yn pasio'r pulpud i mi plîs?'

'I be ydach chi isio fo, Miss Hughes bach?' gofyn-nodd honno.

'Jest isio mynd am dro bach.'

'Ga i un o'r genod i helpu rŵan.'

Daria, roedd hi wedi camddeall. Mewn dipyn, daeth Jane a Linda ati a'i chodi i'r gadair olwyn. 'Dyna chi, fyddwn ni fawr o dro.' Cafodd ei gwthio ar hyd y coridor i'r stafell fechan ar y pen. Gafaelodd Jane a Linda ym mhob braich a'i gosod ar y pan. Yna, aethant allan am sgwrs.

Go daria las, roedd popeth wedi mynd o chwith. Beth oedd hi'n mynd i'w wneud yn awr?

'Wedi gorffen!' gwaeddodd a daeth Jane a Linda i

mewn, ei sychu a'i chodi. Edrychodd Linda i mewn i'r pan. 'Miss Hughes, 'da chi ddim wedi gwneud diferyn—oeddech chi eisiau mynd go iawn?'

Doedd Lisi ddim yn ateb genod mor ddi-fanars, ac roedd hyn yn eu gwylltio nhw fwy. 'Rydan ni wedi dweud wrthych chi o'r blaen, Miss Hughes,' meddai Linda wrth ei gosod yn ôl yn y gadair, 'mae ganddon ni hen ddigon o waith heb fynd â chi yn ôl ac ymlaen i'r toilet am drip.'

Doedd dim diben dweud wrthynt. Wrth fynd drwy'r coridor, roeddent yn agos iawn at ddrws y Mêtryn.

'Dwi isio mynd i weld y Mêtryn,' meddai hi.

'Na, 'da chi ddim yn mynd i gario straeon amdanom ni—mi fydda'r Mêtryn yn dweud yn union yr un peth wrthych chi. Mae o'n hen ddigon o waith mynd â chi gyd i'r toilet pan mae raid heb ryw lol fel hyn.'

Yn ddigon diseremoni, cafodd ei gwthio yn ôl i'r parlwr a'i rhoi yn ei chadair.

'Beth sydd wedi digwydd i Jumbo?' gofynna.

Edrychodd Jane a Linda ar ei gilydd. 'Mae hi'n dal i fwydro am y ci,' meddai Jane yn Saesneg wrth ei chyfaill, yn union fel petaent yng ngŵydd plentyn dwyflwydd. 'Dweud wrthi bod o wedi mynd at y Fet,' atebodd Linda. 'Mae o wedi mynd at y Fet,' atebodd Jane.

'Dydw i ddim wedi ei weld ers dau ddiwrnod.'

'Peidiwch chi â phoeni, mi hola i'r Mêtryn yn ei gylch.'

Ymhen dipyn, roedd pawb yn y parlwr yn gwybod fod Miss Hughes yn mynd i fynd i weld y Mêtryn. Cês oedd Miss Hughes, roedd yna fwy o fywyd ynddi hi nag yn yr un ohonyn nhw. Er ei bod dros ei deg a phedwar ugain, roedd hi'n dal i allu symud o gwmpas gan ennyn eiddigedd pawb arall. Doedd yr un ohonyn nhw yn gallu gwneud dim byd. Mi fydda Miss Hughes yn gallu gweu, mi fydda hi'n dilyn beth oedd ar y teledu go iawn, mi fydda hi'n cael fisitors, ac roedd 'na sôn ei bod yn ddynes beniog. Fe glywyd si ei bod hi'n gallu sgwennu hyd yn oed. Roedd Miss Hughes yn colli'r ci yn arw iawn.

'Mrs. Humphreys, 'da chi'n meddwl fedrwch chi fy helpu i i gael gafael ar y pulpud?' Cododd Mrs. Humphreys ei phen ryw fodfedd neu ddwy. Roedd hi wastad yn atgoffa Lisi o grwban anferth gyda myrdd o blygiadau o wlân o amgylch ei gwddf. Anodd oedd dweud lle roedd y dillad yn gorffen a Mrs. Humphreys yn dechrau. Roedd ganddi gefn crwb hefyd. 'Falle mai dyna oedd yn ei hatgoffa o grwban. Prin y gallai Mrs. Humphreys symud ei chorff. Yr oedd hi wedi bod yn wirion yn gofyn iddi.

'Miss Hughes! Miss Hughes!' Beth oedd Sali May eisiau rŵan? Mi fasa honno'n busnesu.

Mae Lisi yn ei hanwybyddu.

'Ydach chi'n mynd i weld y Mêtryn, Lisi?'

'Meindiwch y'ch busnes.'

'Newch chi ofyn iddi os oes 'na lythyr i mi?'

Sali May ddwl. Pwy fasa'n sgwennu ati hi?

Drws nesaf i Mrs. Humphreys, mae Ella Griffiths yn eistedd fel brenhines a'i llygaid slei yn symud o un i'r llall. Mae'n sylwi fod Lisi yn ceisio cael help gan Mrs. Humphreys, ac yn codi ei haeliau i holi beth sy'n bod. Mae Lisi yn ateb drwy edrych ar y

77

pulpud. Ffrâm gerdded oedd y 'pulpud' gyda phedair troed haearn a oedd yn help i gadw balans. Ni allai fynd i unman hebddo. Roedd yn rhaid iddi ei gael. Ond gan mai hwn oedd yn ei galluogi i fynd o un lle i'r llall, gwnâi'r merched yn siŵr ei fod yn ddigon pell o'i gafael.

'Helpwch Lisi, Mrs. Humphreys,' meddai Ella Griffiths yn awdurdodol. Rowliodd pen Mrs. Humphreys i un ochr ac yn ôl, yn union fel marblen yng ngwddw potel. Mae Lisi yn ceisio ei gorau i ymestyn at y pulpud, ac yn y diwedd yn llwyddo i'w daro yn ddigon egar nes ei fod yn syrthio i'r llawr. Mae'r pulpud wrth ei thraed yn awr, ac er fod plygu yn peri'r fath boen iddi, mae Lisi'n benderfynol o gael gafael arno.

Mae llygaid pawb arni—Ella Griffiths yn gwylio pob symudiad; Sali May yn y pen arall yn gweddïo na fasa hi'n llwyddo; Myfanwy yn siglo yn ôl ac ymlaen heb ddeall beth sydd yn digwydd; Mrs. Humphreys yn syllu i'r unfan.

Yn araf, araf, mae bysedd Lisi yn cyffwrdd y metal. Yn araf, araf, mae'n ceisio codi'r ffrâm, ond nid yw ei gafael yn ddigon cryf. Mae'n rhoi un cynnig olaf arni, mae ei dwrn yn cau am y ffon, ac o'r diwedd, mae'n llwyddo. Mae'n gosod y pulpud ar ei draed. Da iawn ti, Lisi! Da iawn ti! Dangos i'r gweddill fod rhywun yn y lle 'ma yn gallu gwneud rhywbeth ar ei ben ei hun. Dos Lisi, dos!

Tydi hi fawr gwell na chrwban ei hun. Mor afrosgo, mae'n troi y pulpud nes ei fod yn ei wynebu, ac yna gydag ymdrech eithriadol, mae'n llwyddo i godi ei hun allan o'r gadair. Mae'n gweddio na ddaw un o'r merched i mewn i'r stafell yn awr, ond mae hynny'n annhebygol iawn. Anaml y deuent i darfu arnynt.

Crwban araf ond penderfynol a droediai ei ffordd ar draws y stafell. Gam wrth gam, pwyll pia hi, mae'n cyrraedd y drws ac yn taflu edrychiad gorfoleddus i gyfeiriad Sali May. Tu ôl iddi, mae'n clywed eu lleisiau.

'Newydd fod yn y toilet mae hi.'

'Oes rhywbeth yn bọd arni?'

'Ddim i'r toilet mae hi'n mynd.'

'Mynd i weld y Mêtryn mae hi.'

'Mêtryn? I be mae hi isio gweld y Mêtryn?'

'Chaiff neb wybod.'

'Braf arni yn gallu symud.'

Pan mae Lisi ar fin cwblhau'r broses o fynd drwy'r drws, mae'n teimlo rhywbeth yn cydio yn ei sgert. Myfanwy sydd yna.

'Mêtryn . . . gofynnwch i Mêtryn,' meddai yn ei llais maharen.

'Myfanwy, rhowch y gorau iddi. Gadewch lonydd i mi!'

'Gofynnwch i Mêtryn pryd ma 'nhrên i'n mynd.'

'Gollyngwch fi'r funud hon, Myfanwy!'

Ac mae Myfanwy yn dechrau ar ei salm.

'Two thirty . . . the train departing at platform four is the two thirty to Chester . . . calling at Lanfairfeckan, Penmaenmawr, Landudno Junction . . . . Beth sydd ar ôl Landudno Junction?'

Ac yn niffyg dim byd gwell i'w wneud, mae pawb yn ymuno i gydadrodd y siant.

'Deganwy, Landudno Junction, Colwyn Bay, Ryl, Prestatyn, Flint, Crewe. All passengers change at Crewe. Passengers are asked *not* to put their heads out of the window.'

Nytars, bob un ohonyn nhw, meddyliodd Lisi wrth ganfod ei gwefusau hithau hefyd yn dweud y geiriau. Yn araf, araf, gyda chymorth y pulpud, mae'n cerdded i lawr y coridor ac yn clywed eu lleisiau cras yn mynd ymhellach ac ymhellach.

'The buffet carriage is situated at the rear of the train and will soon be serving hot drinks and fresh sandwiches . . . .'

Waeth iddi heb â brysio. Wnaiff hi 'mond disgyn.

O'r diwedd, mae'n cyrraedd pen ei thaith ac yn curo ar ddrws stafell y Mêtryn.

'Come in!'

Fedar hi ddim, ddynes wirion. Pam nad agorwch chi'r drws gan fod gennych chi ddwy fraich a choes holliach—defnyddiwch hwy!

Mae merch yn agor y drws ac mae Lisi yn gweld wyneb y Mêtryn y tu ôl i'r ddesg wedi ei syfrdanu.

'Julie . . . look at this one . . . . Beth sy'n bod arnoch chi?'

'Rydw i eisiau gair efo chi.'

Gydag ochenaid fawr mae'r Mêtryn yn dweud wrth Julie am helpu Lisi i mewn.

'Miss Hughes, os ydych chi'n mynnu cerdded o gwmpas fel hyn yn lle gofyn am help y merched, mi fydd yn rhaid i ni eich gyrru chi yn ôl i'r hospital.'

'Rydw i eisiau gwybod beth sydd wedi digwydd i Jumbo.'

Mae'r Mêtryn yn rhoi ei phen yn ei dwylo.

''Da chi ddim yn meddwl fod gen i reitiach pethau i boeni yn eu cylch?'

'Maen nhw'n dweud ei fod o wedi mynd at y Fet,

ond mae hynny ddyddia nôl.'

Gan edrych ar Julie, dywed y Mêtryn, 'Mi fydd yn rhaid i mi ddweud wrthi,' ac wrth i Julie nodio, mae'r Mêtryn yn edrych arni yn anghyfforddus.

'Rŵan Miss Hughes, peidiwch ag ypsetio eich hun, ond mae gynnon ni newydd drwg i chi am Jumbo . . . .'

Aeth car drosto ddydd Mawrth ac mi gafodd Jumbo ei niweidio yn ddrwg. Bu rhaid mynd ag o at y Fet, a chafodd ei roi i gysgu. Roedd hi'n ddydd Gwener ar Lisi yn cael gwybod.

Pam na fyddai rhywun wedi dweud wrthi? Y noson honno, wylodd Lisi yn hidil. Nid yn gymaint ar ôl Jumbo, roedd yr hiraeth hwnnw'n hen bellach, ond am nad oedd hi'n cyfrif ddigon i rywun drafferthu dweud wrthi fod ei chyfaill gorau yn y Cartref wedi ei ladd.

12

Rydw i'n troi i edrych arni, ac mae'n cysgu'n drwm. 'Falle fod 'na ormod o wres yn y car 'ma iddi. Dydw i byth yn gwybod ar ba dymheredd mae hen bobl i fod. Mae ei phen hi'n plygu ymlaen, ac mae'n anadlu yn drwm. Mae hi wedi diosg ei menyg ac rwy'n edrych ar ei dwylo cyfarwydd. Tydi o'n rhyfedd fel mae dwylo pawb yn wahanol ac yn dweud cymaint am ein cymeriad ag a wnâ ein wynebau ni? Fasa'r dwylo yna ddim yn gallu perthyn i neb ond Bigw. Maen nhw'n galed ac yn fusgrell ac yn dda i fawr o ddim. Ond fasa Bigw efo dwylo hardd ystwyth ddim yn edrych yn iawn o gwbwl. Mae 'na smotiau brown rhyfedd yn gorchuddio ei chroen. Mae ei ewinedd yn rhy hir ac angen eu torri. Tase crwban efo ewinedd, rhai felly fasa ganddo fo.

Rydw i'n syllu mewn rhyfeddod ar ei wyneb. Fel un yn methu tynnu ei lygaid oddi ar gerflun anhygoel, dwi'n dotio at y modd mae'r wyneb hwn wedi cymryd ei ffurf bresennol. Rydw i'n syllu i mewn i'r hafnau dyfn yn y croen caled, y rhychau croesiog fel hen fap. Does bosib fod y wyneb hwn unwaith wedi perthyn i ferch, i blentyn, i fabi! Pa wyntoedd croes a'i anffurfiodd fel hyn? Mor frau ydyw, fel hen we wedi colli ei sglein. Mae o mor sych â thywod y Sahara, ac yn araf ddadfeilio wrth i mi edrych arno. Yn sownd yn ei haeliau brith, mae darnau rhydd o groen wedi eu dal. Ym mhob rhigol y mae olion cwsg ac olion bwyd wedi eu claddu. Tyf ambell flewyn afreolus o bloryn yma a thraw. Sticia rhai allan o'i thrwyn. Mae gwawr felynaidd ar y cnawd a brychni yn ddotiau drosto. Ar ei gwefus y mae clais piws sydd yno ers cyn cof. Tu ôl i wydrau budr ei sbectol, mae ei llygaid pŵl ar gau. Sut mae hi'n disgwyl gweld unrhyw beth trwy honna? Gallaf glywed hisian a chraclan y peiriant clywed, ac mae'r weiren sydd yn arwain o'i chlust fel tasa weiars ei ymennydd eisoes wedi dod yn rhydd ac yn canfod eu ffordd allan.

Yswn am gael cyffwrdd yn y wyneb hwn, am gael mynd i mewn iddo a thynnu'r cyfnasau llwch a orchuddiai bopeth. Yswn am archwilio'r rhychau hyn a threiddio i mewn i'r person od yma. I gael bod yn un â hi a gweld y byd drwy sbectols seimllyd, i deimlo'r gwynt drwy'r croen caled, i glywed synau drwy graclan peiriant. O wneud hynny, byddai'n rhaid i mi ildio rheolaeth dros fy nghyhyrau, rhoi heibio fy ngwytnwch, goddef y dwylo oer a'r cefn fel banana. Mor gaeth yw hi, mor frau, mor unig yn ei gwendid!

O na fyddai yna ffynnon fywiol y gallwn fynd â hi ati a thynnu'r cadachau sych oddi ar ei chorff. Ei gostwng hi i'r dwfr a gadael iddo lifo drosti yn rhaeadrau. Mwytho ei chroen nes teimlo'r meddalwch yn dychwelyd; esmwytho ei hesgyrn i fod yn rhydd o'r pla; rhoi rhin, rhoi bywyd, rhoi ysfa ynddi drachefn. Gymaint yr oeddwn i eisiau rhoi'r lliw yn ôl yn ei gruddiau, ei chroen, a'i gwallt, a gwneud iddi anadlu eto.

Bigw, 'da chi mor bell oddi wrtho i.

* * * * * *

Mae gen i awydd gwneud rhywbeth. Rydw i wedi blino gyrru. Dyna'r fantais o deithio ar drên neu fws. Rydw i'n darllen gymaint llai nawr nag oeddwn i cyn i mi ddechrau gyrru. Rydw i'n hel meddyliau mwy a dydi hynny ddim yn beth da. 'Ron i'n mwynhau'r teithio ar fysus a threnau ers talwm, roedden nhw'n gyfryngau cymaint mwy cymdeithasol na char. Mi fydda rhywun wastad yn dechrau sgwrs efo chi, ac mi fyddech yn cael darlun reit gyflawn o'r ddynoliaeth.

Ar gychwyn taith, mi fydda pawb yn dueddol o gadw iddo'i hunan heb wneud fawr o ymdrech i gymysgu. Ond yn raddol, fesul un fel plu eira, byddem yn dadmar ac yn dechrau toddi i'n gilydd.

Yn aml, byddwn yn dewis hen wragedd i eistedd wrth eu hymyl os byddwn yn teithio ar fy mhen fy hun. Er 'mod i'n licio siarad, fe'i cawn yn anodd i gychwyn sgwrs, ond roedd hen bobl, yn enwedig hen wragedd, wedi perffeithio'r dechneg o sgwrsio. Weithiau, byddwn yn ddigon ffodus i daro ar wreigen fydda wedi paratoi fflasg o de a thamaid o gacen ac a fydda'n fodlon rhannu ei hymborth. Bron na theimlech weithiau mai wedi paratoi'r bwyd ar gyfer ei rannu a fydda'r hen wraig gan cyn lleied a fwytâi. Mi fyddwn i'n licio'r hen wragedd hynny fyddai'n traethu yn ddi-stop am hanes eu bywydau. Anaml y byddai'r hanesion hynny'n ddifyr iawn, ond byddwn wrth fy modd yn gweld yr hen berson yn cael pleser o'r dweud.

Faswn i ddim yn rhoi Bigw yn yr un dosbarth â'r hen wragedd annwyl rheini y deuwn ar eu traws mewn trenau. Byddai'n anodd i unrhyw un ddisgrifio Bigw fel 'annwyl'. Ond roedd yna gymeriad yno, rhyw styfnigrwydd anghyffredin, rhyw ddiawledigrwydd. Doedd hi ddim yn ffitio'r mowld traddodiadol o hen berson sydd wedi gadael i amser ei feddalu ac sydd wedi derbyn henaint yn raslon. Na, roedd hon yn dal i gicio yn erbyn y tresi, yn ysbryd annibynnol wedi ei chaethiwo yn y corff yna oedd yn dda i ddim. Roedd yn parhau i frwydro, a diystyrai'n sarrug bob ymgais i'w helpu nes gorfodwyd hi i'w dderbyn. Mae gweld ysbryd felly yn cael ei dorri yn dristach na dim.

Mi roddais i gynnig arni un tro i ddatod y jymbl mawr o atgofion oedd yn glymau chwithig yn ei chof.

'Bigw,' medda fi ryw dro pan oedd hi'n aros gyda ni, a chyn i'r pwl rhyfedd hwnnw ddod drosti, 'deudwch wrtha i pwy ydi'r holl bobl 'ma rydach chi'n sôn amdanyn nhw byth a hefyd, yr hen neiniau a'r ewythredd a'r modrybedd diddiwedd.' Mi geisiodd hithau ei gorau i ddweud wrtho i. Ond cyn hir, mi fydda hi wedi drysu a mi fyddwn i wedi stopio gwrando. Palu c'lwyddau oedd hi beth bynnag. Taswn i wedi coelio fersiwn Bigw o hanes, un genhedlaeth fyddai rhyngddi hi a rhyw berson oedd yn byw ddechrau'r ganrif ddwytha.

'Tydi hynny ddim yn gwneud synnwyr, Bigw. Fasa chi ddim yn gallu bod yn nith i Jane Hellena.'

''Rhoswch chi . . . .'

'Ryda chi wedi colli dwy genhedlaeth o leia. Pwy oedd y ddynes oedd yn gwisgo menyg drwy'r amser ac oedd yn cerdded yn ei chwsg?'

'Ia, Jane Hellena.'

'Doedd honna ddim yn chwaer i'ch mam.'

'Nac oedd, cneithar i Nain oedd hi.'

'Eich nain chi?'

'Naci, eich nain chi . . . . Ia dwch? Ta'ch hen nain chi?'

'Eich *mam* chi fasa'n hen nain i.'

Ac mae'r cwbl wedi mynd yn ffasiwn bonsh fel bod Bigw yn dechrau chwerthin. Mae'n rhy hwyr. Does dim modd i'w stopio. Fydda Bigw ddim yn chwerthin yn aml, ond pan fydda fo'n digwydd, mi fydda'n broses gwbl unigryw. Mi fydda hi'n cau ei llygaid yn dynn ac yn gwasgu ei gwefusau at ei gilydd fel petai hi ar fin tisian, neu mewn poen mawr, a fyddech chi ddim yn siŵr p'un ai crio neu chwerthin fydda'n dilyn. Ond pan fyddech chi'n gweld yr ysgwyddau yna yn mynd i fyny ac i lawr, mi fyddech yn gwybod fod rhywun wedi troi'r injan a bydda'n rhaid aros iddo ddod i ben. Bydda corff Bigw yn crynu drwyddo yn ddireolaeth, a bydda'n cadw ei llygaid a'i cheg ar gau nes yr oedd ofn gennych iddi fostio. Yn y diwedd, mi fydda'r stafell ei hun yn crynu, ac mi fydda Bigw yn agor ei cheg i gael gwynt. Un dant oedd yng ngheg Bigw, ac anaml iawn y caech gip arno. Roedd Bigw wedi ymfalchïo erioed na fu raid iddi gael dannedd gosod. Roedd yr un dant yna fel carreg goffa i'w hatgoffa o'r hyn lanwodd ei cheg unwaith, ond roedd mor hen erbyn y diwedd fel ei fod yn felyn ac yn edrych yn unig iawn.

Pan fydda Bigw yn stopio chwerthin, bydda'r crynu yn peidio, bydda ei wyneb mor ddifynegiant â chynt, a byddech yn ceisio cofio beth oedd mor ddigri. Ond dyna fy ymgais dd'wytha i geisio deall y clymau teuluol, a phob tro y cofiaf am yr ymdrech, chwerthin Bigw yw'r unig beth sy'n aros yn y cof.

* * * * * *

Ysgydwodd Bigw ei hun yn sydyn. Roeddwn bron wedi anghofio ei bod yn y car efo mi.

'Bobl bach, dwi wedi cysgu!'

Pam ei bod hi wastad yn dweud hynny ar ôl deffro?

13

Mi ddaru ein teulu ni roi cynnig ar ofalu amdani. Mewn cymdeithas wâr, mae disgwyl i chi dalu'r ddyled i'ch hynafiaid yn hytrach na'u gadael ar y domen sbwriel i ryw awdurdod eu cymryd dan ei adain. Dyna sut daeth Bigw i fyw atom ni.

Roedd fy chwiorydd wedi gadael y tŷ—dwy wedi priodi a'r llall yn y coleg. Doedd yna ddim prinder lle, ac roeddwn i o gwmpas i roi help i Mam. Wedi dod o'r ysbyty, treuliai lot o amser yn ei gwely, a phrin eich bod yn sylwi ar ei phresenoldeb. Fy ngwaith i oedd mynd â'i brecwast iddi bob bore. 'Run peth a gâi i frecwast—paned, darn o dôst, ac oren. Fel un oedd wedi bod yn cadw tŷ lojing unwaith, mi fydda Mam yn mynnu fod yn rhaid i'r menyn a'r siwgr fod mewn powlenni bach ar wahân, a bod yr hambwrdd yn edrych yn ddestlus cyn iddo fynd i fyny. Fy ngwaith i wedyn fydda tollti'r llefrith, rhoi siwgr yn y baned, rhoi'r menyn ar y tôst, a thaenu'r marmalêd. Yr unig beth fydda'n rhaid i Bigw ei wneud fydda ei fwyta.

Pan fydda hi efo ni o'r blaen, byddem yn ei helpu i wneud y daith hir i lawr y grisiau o'i llofft, yn ei gosod yn ei chadair wrth y tân, sicrháu fod ei gweu a'i llyfr wrth law, ac yna'n ei gadael yn y parlwr tan amser cinio efo ambell sbec bob yn hyn a hyn i wneud yn siŵr ei bod yn iawn. Roedd hi'n anifail didrafferth iawn i ofalu amdano.

Ond y tro hwn, roedd hi'n prysur ddod oddi wrth ei gilydd. Roedd hi'n mynnu aros yn ei gwely a Mam a minnau yn ei phen yn mynnu ei bod yn codi gan fod y doctor yn dweud fod yn rhaid iddi ymarfer ei chorff ac nad oedd o'n gwneud dim lles i rywun aros yn ei wely drwy'r dydd hyd yn oed os oedd hi bron yn naw-deg-rwbath. Yn y diwedd, bu raid inni ei chodi hi'n hunain a cheisio ei chael i symud ei choesau, ond roedd hi'n gwneud y ffys mwya dychrynllyd ac yn dweud ei bod hi'n cael poen arteithiol. Chwarae teg iddi hi, doedd hi ddim yn un oedd yn arfer cwyno, ac ymhen hir a hwyr dyma'r geiniog yn disgyn fod rhywbeth o'i le. Dyma alw'r doctor a dyma fo'n galw ambiwlans gan fod Bigw wedi torri ei chlun. Ffraeodd y doctor efo'r 'sbyty am iddyn nhw ei rhyddhau hi yn y fath gyflwr a ffraeodd o efo ni am orfodi hen ddynes allan o'i gwely a hithau mor hen.

Doedd hynny ddim yn ddechrau da iawn i'w harhosiad gyda ni. Erbyn iddi ddod allan o'r 'sbyty yr eilwaith, roeddem wedi symud ei gwely i'r parlwr i'w harbed rhag gorfod dringo'r grisiau. Cawsom afael ar gomôd hefyd a'i osod yng nghornel y stafell. Cyn dod â'r hambwrdd brecwast iddi yn y bore, byddem yn dod â dysgl o ddŵr a sebon ati ac yn golchi Bigw a'i sychu. Câi aros yn ei gwely tan amser cinio os oedd hi eisiau. I bob pwrpas, doedd dim angen i Bigw ddod allan o'r stafell o gwbl. Prin fod angen iddi ddod allan o'r gwely. Roeddem ni'n dod â hi i'r parlwr ffrynt iddi gael eistedd o flaen y tân, ond roedd ei holl anghenion corfforol i'w cael o fewn cwmpawd ei gwely.

O ie, a'r tabledi, roedd yna beth wmbreth ohonyn nhw nes fod gennym gerdyn yn y gegin yn y diwedd yn nodi pa faint a pha liw tabledi oedd i fod i gael eu cymryd pa bryd. Y ffordd symlaf oedd eu gosod nhw allan ben bore mewn cwpanau ŵy—tabledi amser brecwast, amser cinio, amser te, ac amser swper, ac roedd yn bwysig iawn peidio â'u drysu a pheidio â'u anghofio.

Wn i ddim hyd heddiw pa nerthoedd hud oedd yn y tabledi hynny a beth oedd diben y fath gyffuriau, ond mae'n rhaid fod rhyw allu cyfrin ynddynt, achos roeddynt yn cadw Bigw yn ei phwyll, neu mi ddaru nhw hynny am gyfnod. Yn anffodus, daeth corff Bigw i arfer gyda hwy a chollodd y cyffuriau eu heffaith. Dechreuodd Bigw grynu mwy, mi gollodd ei gafael ar bethau, collodd ddiddordeb mewn pobl ac aeth i ffwndro. Anodd oedd dweud faint oedd a wnelo hyn â'r cyffuriau, a faint oedd a wnelo fo â'r ffaith fod Bigw dros ei naw deg. Dydw i ddim yn meddwl fod neb yn deall yn iawn, ddim hyd yn oed y doctoriaid. Digwydd yn raddol ddaru hyn i gyd wrth reswm, ond newidiodd pethau o fod yn anodd, i fod yn waeth, i fod yn amhosibl. Yr oedd yn anodd dweud yn aml faint oedd yn salwch gwirioneddol a faint ọhono oedd yn Bigw yn bod yn gwbl wirion dim ond am ei bod wedi cael digon ar bopeth.

Cadachau llestri fydda hi yn eu gweu. Arferai fod yn dda iawn gyda'i llaw. Gwelais waith llaw rhagorol ganddi, ond fel yr oedd yn mynd yn hŷn, ni fedrai drin dim byd llai na'r gweill rheini oedd mor dew â pholion a'r gwlân bras i weu cadachau llestri. Ond o leiaf, yr oedden nhw'n gadachau llestri ac yn dda i rywbeth. Mae pawb yn hoffi teimlo eu bod yn gallu gwneud rhywbeth o werth.

Ond yn y diwedd doedd y cadachau llestri yn dda i ddim, roedd hi'n gwneud smonach llwyr ohonynt, ac yn waeth na hynny roedd hi yn sylweddoli hynny, a rhoddodd y gorau iddi. Yr unig beth a allai ei wneud yn y diwedd oedd darllen. Roedd llyfrau print mawr yn y Llyfrgell ar gyfer pobl bron yn ddall a byddai yn mynd drwy nifer o'r rheini mewn dim. 'Romances' fydda hi'n eu hoffi. Mi fydda un ohonon ni yn mynd i'r Llyfrgell bob wythnos ac yn dod â dewis o bedwar neu bump o lyfrau iddi.

Wna i byth anghofio dod adre o'r gwaith un diwrnod a mynd i'r parlwr gynta i ddweud helo wrth Bigw yn ôl fy arfer i gael y gorchwyl hwnnw drosodd cyn setlo i lawr. Fanno oedd Bigw yn ei chadair yn syllu i 'nunlle.

'Helo.'

Dim ateb.

Roedd hi'n syllu ar rywbeth, yn rhythu arno. Ac meddai, ond nid wrtho i, er mai fi oedd yr unig un yn y stafell,

'A pheidiwch â gwneud hynny byth eto!'

'Bigw . . . .'

Doedd hi ddim yn fy ngweld.

'Hen hogyn drwg . . . mi fydda i'n eich curo chi os gwnewch chi hynny eto.'

'Pwy sydd yna Bigw?'

'Hogyn bach drws nesa.'

Collais i f'amynedd yn y diwedd a dweud wrthi am beidio actio mor wirion ac nad oedd hogyn bach drws nesa i'w weld yn unman. 'Radeg yna y sylwais i ar y llyfr llyfrgell. Roedd cornel o'r llyfr, a hwnnw'n un clawr caled, wedi ei rwygo i ffwrdd.

'Bigw, beth sydd wedi digwydd i'ch llyfr?'

'Cymrwch un.'

Edrychais yn hurt arni yn cynnig y llyfr i mi.

''Da chi isio siocled?'

'Beth sy'n bod arnoch chi?'

'Iawn, dim ots gen i, mi bwyta i nhw'n hun,' a gafaelodd mewn dalen a'i rhwygo o'r llyfr.

Mewn dychryn, euthum i ddweud wrth Mam. Ie, fe wyddai. Dyna sut yr oedd Bigw wedi bod yn ymddwyn drwy'r dydd. Doedd dim modd cael unrhyw synnwr ganddi.

Hwnnw oedd yr arwydd cyntaf.

Wrth wely Bigw yr oedd cloch fach brês. Fi a'i prynodd os cofiaf yn iawn fel anrheg i Mam i addurno'r dresel. Dewiswyd hon fel y peth mwyaf pwrpasol i Bigw ei defnyddio pan oedd yn ceisio cael ein sylw, a ninnau ddim yn y stafell. Os oedd eisiau cymorth i fynd ar y comôd, yn methu dod o hyd i'w sbectol, wedi colli gwellen, neu ffansi paned—ding a ling, ac roeddem wrth ei hymyl.

Daeth sŵn y gloch honno i ddynodi poendod di-ddiwedd. Rhywsut, yn gwbl ddiarwybod, llwyddai Bigw i'w chanu ar yr adegau mwyaf anghyfleus. Gyda phob chwarae teg iddi, doedd hi ddim yn ei chanu yn aml o gwbl, dim ond ei bod yn dewis amseroedd cwbl anaddas. Yn aml iawn, byddwn ar fin mynd allan, yn rhedeg i ateb y ffôn, yn cychwyn ar bryd o fwyd, yn arllwys paned i mi fy hun, pan fyddai'r ding a ling diflas yn dechrau canu. Fyddai dim diben mewn gwneud iddi aros, rhag ofn iddi gael damwain. Ond erbyn i chi orffen efo Bigw, byddai eich trefniadau wedi cael eu drysu.

Byddai'r ffôn wedi rhoi'r gorau i ganu, byddai eich bwyd neu eich paned wedi oeri, a byddai popeth wedi mynd o chwith. Yn y modd yma y dechreuodd presenoldeb Bigw fynd yn fwrn arnom. Wrth ddisgwyl amdani tu allan tra oedd ar y comôd, byddwn yn syllu am oes ar batrwm y carped neu ar y papur wal ac yn canfod fy hun yn melltithio Bigw am wastraffu cymaint o fy amser.

Mae'n rhaid mai diflasu wnaeth hi yn y diwedd. Mi fydda wedi bod yn ddigon i yrru unrhyw un i fyny'r wal. Am ryw reswm, rydyn ni'n tueddu i feddwl fod hen bobl yn gallu goddef diflastod yn well na'r gweddill ohonom. O wneud y fath gamgymeriad rhaid derbyn y canlyniadau a ddaw yn ei sgîl.

Ding a ling, ding a ling, ding a ling ding ding!

Dau o'r gloch y bore ac rydyn ni'n rhedeg allan o'n llofftydd. Ding a ling a ling . . . beth andros sy'n bod?

Bigw sydd wedi dod allan o'i gwely.

'Wâ! Cerwch o'ma, cerwch o'ma y c'nafon drwg!'

Doedd 'run enaid arall yn y stafell.

'Beth sy'n bod, Bigw?'

'Hogia bach 'na sy'n tynnu arna i.'

'Pa hogia bach?'

'Rheini yn ben y gwely fan'cw.'

'Does 'na neb yna. Ewch i gysgu.'

Aiff pawb yn ôl i gysgu.

Ding a ling a ling. Pedwar o'r gloch y bore.

'Beth sy'n bod Bigw?'

'Hogia bach yn . . . .'

'Does na ddim . . . .'

Ac felly roedd hi dro ar ôl tro.

Wn i ddim faint oedd hi'n ei fwynhau ar y gêm ond roedd yn gwneud y gweddill ohonom yn wallgo.

Wedyn, mi ddechreuodd hi grwydro.

Ding a ling a ling a ling! Mi fyddech chi'n cyrraedd y parlwr a fanno roedd Bigw ym mhen arall y stafell yn dweud wrth hogia bach am redeg i ffwrdd.

'Ewch yn ôl i'ch gwely, da chi, Bigw bach.'

Gosodwyd bwrdd yn erbyn ei gwely i'w rhwystro hi rhag dod allan. Gosodwyd ochr arall y gwely yn sownd yn y wal. Ond llwyddai Bigw i ddod allan ohono bob nos. Sut oedd dynes naw-deg-rwbath yn gallu dod dros fwrdd tair troedfedd yn y tywyllwch, pan oedd hi prin yn gallu cerdded yng ngolau dydd, wyddai neb. 'Falle ei bod hi fel Batman yn cael galluoedd hud yn y nos.

Mi ddysgodd Batman yn sydyn i beidio canu'r gloch os oedd hi eisiau llonydd i grwydro. Felly, rhaid oedd gosod larwm babi gydag un pen wrth wely Bigw a'r pen arall wrth wely fy rhieni. Fel petai hi'n gwybod beth oedd diben hwn, mi ddechreuodd Bigw siarad efo hi ei hun bymtheg y dwsin. Storïau, caneuon, jôcs, cerddi, englynion, emynau, paderau, parablai unrhyw beth ddim ond i wneud yn siŵr na châi ei gwrandawyr y pen arall lonydd i gysgu. Os oedden nhw am glustfeinio, yna fe fydda'n rhaid iddi eu difyrru. Parodd hyn am tua dwy noson cyn i Mam gael digon.

'Bigw, ewch i gysgu, mae hi wedi un o'r gloch y bore.'

'Mary Mary quite contrary,

How does your garden grow?'
'Bigw, pam nad ewch chi i gysgu?'
*'Go oft to the house of thy friends lest weeds grow
in the path.'*
'Bigw, byddwch ddistaw.'
*'A wonderful bird is the pelican,
His beak can hold more than his belly can.'*
'Bigw, 'da ni'n gwneud ein gorau drosoch chi, a
dyma sut 'da chi'n talu'n ôl?'
'Clywir sŵn ym mrig y morwydd,
Deulu Seion, ymgryfhewch,
Wele'r wawr yn dechrau codi,
Haleliwia, llawenhewch.'
'Bigw . . . .'
'Gymrwch chi siocled?'
Yna, mi fydda hi'n troi at y wal a gofyn,
'Gymrwch chi siocled, Hanna?'
'Bigw, mi rydyn ni'n mynd i fod yn flin iawn efo
chi yn y bore. Mae'n *rhaid* inni gael cwsg.'
Mi fydda hi'n dechrau gwneud rhyw lais crio
wedyn.
'Hanna, maen nhw'n gas efo fi yma, dwi eisiau
mynd adref.'
Am chwarter i ddau yn y bore, a hithau bron â
chyrraedd pen ei thennyn, y peth olaf fydda fy mam
eisiau fydda hen ddynes wallgo yn cymryd arni ei
bod yn siarad gyda ei mam.
Byddai'n gadael yr ystafell gyda chlep ar y drws.
Wedi llwyr ymlâdd, rhoddai ei phen ar ei goben-
nydd wrth i'r sioe ailgychwyn.
*'How many flowers can you count
In an English country garden?*
'Da chi'n cofio honno, Hanna?'

O edrych yn ôl, y syndod yw eu bod wedi ei chadw hi efo ni gyhyd.

Roedd fy nhad yn ŵr rhesymol oedd gyda ffydd sylfaenol yn naioni dynolryw ac yn credu y gallai popeth gael ei setlo drwy gyd-ddealltwriaeth—nes daeth Bigw i rannu tŷ gyda ni.

Tri o'r gloch y bore.

Ding a ling A LING!!

Pan ddaw nhad i'r parlwr, mae Bigw yn eistedd i fyny yn ei gwely.

'Pwy sydd yna?' gofynna, wedi dychryn.

'Ted. Be ydach chi eisiau?'

'Eisiau mynd i ngwely.'

'Be 'da chi'n ei feddwl? Rydych chi *yn* eich gwely!'

'Na dwi ddim.'

'Ydach, peidiwch â bod yn hurt.'

'Peidiwch â bod yn gas efo mi, da chi. 'Mond isio mynd i ngwely ydw i.'

'Fedrwch chi ddim bod isio mynd i'ch gwely pan 'da chi eisoes ynddo fo.'

Roedd hyn yn wirion.

'O diar mi, pam na cha i fynd i ngwely? Dwi bron â marw eisiau mynd i gysgu.'

'Finna hefyd.'

'Gadwch i mi fynd i ngwely, plîs.'

'Bigw—lle ydach chi'n feddwl ydych chi?'

'Wn i ddim, ond fasa'n dda gen i gael mynd i ngwely.'

Mae nhad yn taro'r matres.

'Gwely ydi hwn Bigw, GWELY. A rydach chi, Bigw, *ynddo* fo. Rydych chi *yn* y gwely. Rŵan ewch i gysgu.'

'Pam ydych chi mor gas efo fi? Plîs gadwch i mi fynd i ngwely!'

Erbyn hyn, mae Mam a minnau i lawr. Rydyn ni gyd yn ceisio ei argyhoeddi hi. Does yr un ohonon ni yn deall.

'Bigw, 'da chi yn y gwely.'

'Bigw, 'da chi yn y gwely.'

'Bigw, 'da chi . . . .'

Yn y diwedd, mae Bigw yn rhoi ei phen yn ei dwylo ac yn wylo'n hidil.

'O beth wna i, beth wna i . . . . Pam na chaf i fynd i'r gwely?'

A dwi'n meddwl mai'r adeg yna, pan oedden ni yn y sefyllfa abswrd honno, pawb ohonom yn droednoeth yn ein dillad nos yn ysu am gael mynd yn ôl i'n gwelâu, a Bigw—yr unig un oedd yn ei gwely—yn gwrthod yn lân â sylweddoli ei bod ynddo, y daru ni sylweddoli fod y sefyllfa tu hwnt i ni.

Bu raid iddi fynd yn ôl i'r ysbyty, ac wedyn mi ddaru ni ganfod Cartref Henoed fyddai'n fodlon ei chymryd.

Ond nid cyn yr olygfa olaf. Y dyddiau yna, mae'n rhaid fod fy nghorff wedi cyflyru ei hun i beidio â mynd i gysgu yn rhy drwm. Gadawn ddrws fy llofft yn gilagored a thra oedd un ochr o fy ymennydd yn cysgu, roedd yr ochr arall ar ddi-hun ac yn gwrando rhag ofn i Bigw symud. Erbyn yr adeg hynny, roedd gwely Bigw fel rhywbeth allan o sioe Houdini efo bwrdd un ochr, hors ddillad o amgylch y bwrdd, hamoc dros y gwely, a belt o un pen i'r llall i wneud yn siŵr na fyddai Bigw yn codi ac yn crwydro yn y nos.

Rhyw dinc ysgafn, ysgafn glywais i ar y gloch. Falle mai greddf a'm dihunodd. Wrth ddod i lawr y grisiau yn yr hanner gwyll, stopiais yn stond. Fanno roedd Bigw, yn ceisio gofalu am y pulpud gydag un law, a'i handbag a'r gloch yn y llaw arall ac yn ceisio ei gorau i agor y drws ffrynt. Rhedais ati.

'Bigw . . . beth ydych chi'n ei wneud?'

'Gadewch lonydd i mi, rydw i eisiau mynd adref.'

'Ond mi rydych chi adref—ewch yn ôl i'ch gwely. I lle oeddech chi'n trio mynd?'

'I Garneddau.'

Ceisiais dynnu ei llaw oddi ar ddwrn y drws, ond roedd yn gafael ynddo fel gelen.

'Bigw, rydych chi'n saff yma.'

'Dydw i ddim eisiau aros yma. Dda gen i mo fan hyn. Mae'n rhaid i mi fynd adref.'

'Sut ewch chi? Fedrwch chi ddim cerdded.'

'Mi ga i fws bump.'

'Does gennych chi ddim byd am eich traed.'

'Falle mai dyna a'i perswadiodd yn y diwedd. Edrychodd i lawr ar ei thraed noeth. Eglurais ei bod yn oer iawn allan ac na allai hi fynd ar y bws heb ei sgidiau. Tywysais hi'n ôl i'r parlwr a'i rhoi yn y gwely. Anghofiaf i byth yr edrychiad a gefais ganddi. Roedd fel petai wedi cronni yr holl atgasedd oedd ynddi tuag atom ni fel teulu, at y tŷ, ac at ei thynged, yn yr edrychiad hwnnw.

Y diwrnod wedyn, daeth yr ambiwlans.

Nes ei gweld hi yn sefyll yn droednoeth wrth y drws fel rhyw anifail egwan yn ei choban, a'i meddwl mewn mwy o lanast nag erioed, ddaru mi ddim deall—dydw i ddim yn meddwl fod yr un ohonon ni wedi deall—gymaint oedd awydd Bigw i fynd adref. Pam na fasan ni wedi ei danfon hi yno, neu ei rhoi hi ar y bys nesa i Garneddau a gadael iddi ddarfod felly? Fydda hi ddim wedi ein trafferthu am hir wedi hynny. Ond o leia, bydda wedi gallu gorffwyso. Be ddaru ni yn lle hynny? Ei danfon yn syth i'r ysbyty, ac wedyn i Gartref. Talu i'w chael hi wedi ei chodi, ei golchi, a'i smwddio bob dydd, ond gwadu iddi'r peth mwya sylfaenol—yr hawl iddi fod mewn heddwch efo hi ei hun.

Fi sydd yn wirion rŵan. Fasa hi ddim wedi bod yn fodlon. Fasa hi ddim yn gwybod mai adref oedd hi. 'Run sioe fasa ni yn ei chael.

Isio mynd adref . . . .

Mi rydach chi adref.

Gadewch i mi fynd adref . . . .

On'd ydi'r meddwl yn beth rhyfedd? Mae o'r gybolfa mwya rhemp o weiars a lectric a ffiwsys nad oes gennym ni'r un amgyffrediad ohono. Roedd meddwl Bigw wedi hen golli'r cysylltiad hwnnw oedd yn gwneud iddi deimlo ei bod hi 'adref'. Roeddwn i yn amheus a fyddai hi byth yn dod o hyd iddo eto. I raddau, 'ron i'n teimlo mai ein teulu ni, drwy ein gofal ffug, oedd yn gyfrifol ei bod wedi ei golli. 'Falle mai dyna oedd yn fy ngyrru nawr i geisio ei helpu i ddod o hyd iddo.

14

Ddaru mi ddim sylwi nes iddi stopio glawio fod y pwmp dŵr oedd yn gwlychu'r ffenest flaen wedi stopio gweithio. Ddaru mi ddim poeni'n ormodol am hyn nes ei bod hi'n heulog iawn ac roedd y ffenest yn fudr. Mewn dipyn, roedd hi'n anodd i mi weld lle roeddwn yn mynd. Bob tro yr âi cerbyd heibio i mi, tasgai ddŵr budr dros y ffenest, a'r cyfan a wnâi'r weipars oedd taenu'r baw i ran arall o'r ffenest nes bod y cyfan ohoni bron wedi ei gorchuddio â baw brown. Dyma stopio'r car a cheisio dod o hyd i'r botel honno eto. Doedd dim golwg ohoni. Cofiais yn sydyn fod y bloda yn dal heb ddŵr ac yn prysur wywo ar y sêt gefn.

Mi wnes i beth gwirion wedyn. Gan mai pwll o ddŵr ar ochr y ffordd oedd yr unig beth gwlyb o fewn golwg, gwlychais y cadach ynddo a glanhau'r ffenest efo fo. Gwnaeth hyn y ffenest yn futrach nag oedd hi cynt. Fedrwn i ddim gyrru efo baw felly.

Cerddais at daì cyfagos a gofyn am dipyn o ddŵr. Codais y bonet ac arllwys y cyfan ohono i mewn i'r bocs dŵr. Wedi i mi roi'r bonet i lawr a rhoi popeth yn ôl yn ei le, gwasgais y pwmp dŵr a ddigwyddodd dim byd. Roeddwn i'n ôl yn y dechrau, heb ddiferyn o ddŵr a'r ffenest yn fudr. Dyma orfod mynd yn ôl i'r tŷ am yr ail waith i ofyn am ragor o ddŵr. Lluchiais gynnwys y llestr dros y ffenest nes roedd yn lân ac yn sgleinio ac ailgychwynnais ar y siwrne. O fewn ychydig funudau, roedd mor fudr ag erioed. O hynny 'mlaen tan ddiwedd y daith, rhaid oedd stopio bob yn hyn a hyn i llnau'r ffenest.

Pan welodd Bigw'r dŵr ar y ffenest, mi gofiodd.

'Y bloda,' meddai, 'mae'r bloda yn gwywo,' a dywedodd hynny efo'r fath dristwch fel y'm synnwyd i.

* * * * * *

'Mae'r bloda yn gwywo.'

Y munud y dywedodd hi'r geiriau, roedden nhw'n swnio'n ddychrynllyd o drist. Edrychodd ar Eleni yn tywallt y dŵr dros y ffenest flaen ac ar y dŵr yn dod i lawr yn rhaeadrau fel crio mawr. Roedd hi'n ceisio dwyn emyn i gof am floda yn gwywo, am egin mân yn cael eu torri i lawr, am fwystfilod rheibus yn eu sathru. Dyna be ddaru nhw ganu. Fasa hi ddim wedi dewis yr emyn hwnnw ei hun, ond chafodd hi ddim rhan yn y trefniadau. Mi fydda hi wedi dewis cân hapus i gyfleu yr hapusrwydd gawson nhw yng nghwmni ei gilydd, er na wyddai neb am hwnnw.

Y cyfan a ddywedai pawb oedd—Biti. Biti ei fod wedi mynd mor ifanc. Biti fod yr egin wedi ei dorri, y gobaith wedi ei ddiffodd. Biti fod y blodau yn marw.

Allai hi ddim ei ddychmygu yn digwydd yr un ffordd arall. Ar y cyflymder hwnnw yr oedd wedi byw ei fywyd, ac ar y cyflymder hwnnw y byddai'n ei adael. Saith deg pump; wyth deg pump; naw deg . . . . Doedd o ddim am gyrraedd yr oedran hwnnw ei hun. Mi fydda'r peth wedi bod yn hollol chwerthinllyd.

'Dydw i ddim am heneiddio,' meddai fo unwaith wrth ei gwasgu, 'wna i ddim.' Ac mi ddeudodd o hynny mewn llais mor benderfynol fel y gwyddai ei fod o ddifrif.

'A dwyt ti ddim am fyw i fod yn dad?' gofynnodd hithau.

Ysgydwodd ei ben.

'Dim plant?' gofynnodd wedyn.

'Dim plant,' meddai, yn gwbl oeraidd.

'A beth amdana i?' gofynnodd yn y diwedd.

'Mi syrthi di mewn cariad yn ddigon buan,' medda fo, a'i chusanu yn ffyrnig.

Phrofodd hi rioed neb arall a allai garu gyda'r fath angerdd, y fath frys, y fath nwyd gwallgo, rhemp, oedd yn cywasgu oes gyfan i flynyddoedd prin ieuenctid. Am nad oedd ganddo yfory, dim cydwybod am heddiw, dim hiraeth am ddoe, dyna pam y'i carai.

Ni wastraffodd ei hamser yn ceisio gwneud synnwyr o'r cyfan. I ba ddiben yr yfai gynnwys ei llestr fesul dipyn, yn ofalus a gwâr, pan oedd modd arllwys y cyfan i lawr mewn un joch a meddwi'n ulw? Ond . . . dim plant? Wyddai hi ddim a allai dderbyn hynny.

Roedden nhw mewn arcêd gemau un tro, wrth y 'Penny Falls', ac yntau yn bwydo ceiniogau iddo un ar ôl y llall. Wedi iddo wario ei arian, safodd gan syllu yn llesmeiriol ar y peiriant yn symud yn ôl ac ymlaen, yn ôl ac ymlaen. Roedd y ceiniogau yn symud mor araf, ac un yn dal ei gwynt ar ymyl y dibyn. Yn y diwedd, yn gyndyn iawn, disgynnodd, gan wneud lle i un arall.

'Fel yna mae plant, wyddost ti,' medda fo, ymhen hir a hwyr.

'Fel beth?' gofynnodd hithau. Fydda fo byth yn sôn am blant oni bai ei bod hi'n codi'r pwnc.

'Fel y ceiniogau hyn. Dyna eu diben hwy ar y byd . . . i'n gwthio ni oddi arno.'

Gwyliodd y ceiniogau yn treiglo i lawr y wal cyn cyrraedd y gwaelod. Disgwylient yn amyneddgar cyn disgyn yn fflat. Gorweddent yn ddiymadferth tra caent eu gwthio ymlaen fesul milimedr. Yn raddol roeddent yn agosáu at y dibyn. Doedd dim y gallent ei wneud i rwystro eu hunain rhag disgyn. Dim ond disgwyl eu tynged yr oeddynt.

Pan ddeuai eu tro, dyna'r diwedd.

'Rydyn ni mor ddiymadferth,' meddai, 'mor analluog i wneud unrhyw beth.'

Cofiai edrych ar ei war noeth, lle'r oedd ei wallt wedi ei dorri'n fyr. Trwyddi, daeth ton o dosturi. O na allai hi lenwi'r gwacter hwnnw yn ei fywyd, a gostegu'r ofn oedd yn ei gnoi yn gyson! Sut yn y byd oedd hwn wedi cael ei adael yn yr oerni, heb ymgeledd, heb sicrwydd ffydd? Pam na allai gael rhyw angor i'w fywyd, rhyw bwrpas . . . ? Pam na allai dderbyn bywyd am yr hyn ydoedd, a'i fyw yn syml fel pawb arall? Pam oedd yn rhaid cwestiynu popeth?

Damwain oedd hi meddai pawb, er na ddeallodd hi erioed ystyr y gair. Beth ydi damwain? Rhywbeth na ddylid ei ganiatáu *yn* cael ei ganiatáu? Rhywbeth sydd ddim i fod i ddigwydd yng nghwrs bywyd *yn* digwydd? Nid oedd yn gwneud synnwyr.

Os oedd Trefn, beth oedd ystyr damwain? Os oedd damwain yn bosib, beth oedd ystyr Trefn?

Gwadodd Ellis y Drefn. A oedd yr ymwadiad hwn yn diddymu'r Drefn? A roddodd ei hun ar drugaredd Anhrefn? Saith deg pump, wyth deg pump, naw deg . . . . Roedd yn cymryd ei dynged yn ei ddwylo ei hun. Beth oedd tynged? Ai ei dynged ef oedd cael ei falu yn yfflon, ynteu ai damwain oedd? A gafodd ei ladd, ac os felly, gan bwy? Ai lladd ei hun a wnaeth, am mai dyna oedd yn yr arfaeth? Pwy ŵyr? O fewn y Drefn, rhoddwyd ewyllys rydd i bobl. A oedd hynny'n eu gadael yn rhydd i roi terfyn ar yr ewyllys a'r rhyddid a'r bywyd hwnnw a roddwyd iddynt? A oeddynt yn gwadu'r Drefn drwy wneud hynny? Onid oedd yn wybyddus o'r cychwyn mai cael ei ladd mewn car ar gyflymder o naw deg milltir yr awr a gâi Ellis yn chwech ar hugain oed? Os gwir hynny, ni fu erioed yn rhydd.

Nid dyma'r unig gamgymeriad a wnaeth. Drwy ddiffodd fflam ei fywyd ei hun, oedd o'n meddwl y byddai'n diffodd cannwyll eu cariad? Oedd o'n meddwl y byddai hi'n peidio ei garu unwaith y byddai'n peidio â bod? Beth oedd hi'n ei garu? Beth oedd hi'n ei golli? Hyd heddiw, nis gwyddai. Y cyfan oedd wedi peidio oedd eu mynegiant corfforol o gariad . . . roedd popeth arall yn aros. Gwyddai ei bod yn dal i feddwl amdano yn yr un modd, a'i bod yn hiraethu amdano. Teimlai ei bresenoldeb yn aml, cofiai ei lais a'i wên. Canfu ei hun unwaith eto yn ei bywyd yn aros i'r meirw ddychwelyd. Beth roddodd fod i'r syniad fod bodau dynol yn gallu darfod o fod? Onid oedd enaid yn rhywbeth tragwyddol na allai dim ei ddinistrio?

'Fydde waeth taset ti wedi aros amdanaf.'
Ofer . . . ofer, fe'i hatebai.
'Byddem wedi gallu rhannu cymaint.'
Lisi—mor sydyn wyt ti'n anghofio. Beth yn rhagor oedd yna i'w rannu?
'Rhannu f'unigrwydd i . . . .'
Mi gefaist ti gynnig i ddod gyda mi.
'Roedd gen i ofn . . . .'
Mwy o ofn nag sydd gen ti rŵan?

Nac oedd, dim cymaint o ofn â hyn. Fe geisiodd ei osgoi, ond fe'i gorfodwyd i'w wynebu ei hun yn y pen draw. Saith deg pump; wyth deg pump; naw deg . . . .

15

Mewn eglwys fydda fo—mae eglwys yn harddach
ac mi fydda hi'n licio rhywbeth felly. Mae yna aur
ac arian, marmor a phrês, lliw a pherarogl mewn
eglwys. Byddai'n achlysur hardd ac urddasol iawn.
Byddwn yn llenwi'r adeilad gyda blodau cynnar
haf, yn agor y drysau trwm i'r heulwen gael tywallt
ei wres drwyddynt a goleuo'r gwydr lliw. Câi'r
gwenyn a ieir bach yr haf ddod i mewn i ysgafnhau
calonnau'r galarwyr a sychu eu dagrau gyda'u
hadenydd. Byddai cerddorion gwych yn dod gyda'u
hofferynnau ac ar yr organ byddai'r offeren dristaf
a glywyd yn hanes y byd.

Byddai'r lle yn orlawn, ac ymhob sedd byddai
cyfeillion a chydnabod ers bore oes. Byddai ei holl
feiau a'i gwendidau lu yn cael eu hanghofio, a byddai
pawb yn hel atgofion clên a hapus. Byddai'r galar
a'r gofid yn ddigon i gyfiawnhau codi'r meirw o'u
beddau fel y caent hwy le yn y cefn wedi eu cuddio
tu ôl i len o sidan gwyn. Byddai pob un o'r
gynulleidfa yn ei dro yn adrodd ei hanes ac yn moli
ei buchedd. Byddent yn datgymalu gwead eu cof ac
yn dewis edau arian oedd yn portreadu un nodwedd
o'i chymeriad. Caent ei adrodd, ei lefaru'n syml
neu ei osod ar gân. Byddai pawb am dalu teyrnged i
fywyd mor faith a ddioddefodd cymaint, i wytnwch
ei chymeriad ac i'w chorff a oroesodd gyhyd.

O un i un yn ystod y gwasanaeth, câi hen lyfr du trwchus ei basio o law i law. Albwm fyddai hwn yn llawn o ffrindiau a chydnabod, i gyd wedi eu presio yn ofalus ac yn fytholwyrdd. Wedi i'r offeiriad ddweud gair, byddai ei hoff emynau yn cael eu canu gan gôr mawreddog, ac yna fe geid seibiant i bawb gael sgwrsio efo'i gilydd, cwrdd â hen ffrindiau a dwyn atgofion. I'r gwasanaeth byddai pawb wedi dod â rhywbeth gyda fo—llythyr, llun, dilledyn, anrheg—unrhyw beth oedd yn cyfleu eu cysylltiad hwy gyda'r ymadawedig. I'r sawl nad oedd ganddo ddim i gofio amdani, fe rennid peth o'i heiddo ar y diwedd fel nad oedd neb yn mynd oddi yno yn waglaw. Gallaf weld y cyfan yn fy nychymyg yn awr.

Mae'r arch wedi ei gosod ar ganol llawr yr eglwys i bawb deimlo fod hynny sy'n weddill ohoni yn dal yn eu plith. Nid oes caead ar yr arch am nad oes gan neb gywilydd o'r meirw. Caiff pawb fynd draw i'w gweld a'i chusanu, gafael yn ei llaw i'w chysuro, a rhoi blodau ar ei chorff nes ei fod wedi ei orchuddio â phetalau cyfeillgarwch.

Fel mae'r côr yn cyrraedd uchafbwynt eu cân, clywir murmur isel arallfydol, yn alaw nad yw'r glust ddynol wedi clywed ei thebyg o'r blaen. Clywir mwstwr tawel yn ymledu drwy'r gynulleidfa wrth i'r sŵn ddod yn uwch ac yn uwch. Ar y cychwyn, tybir mai su y gwenyn neu siffrwd adenydd y pili-pala ydyw, ond wrth iddo gryfhau, mae synau eraill—o bob cyfeiriad—yn llenwi'r lle. Mae'r cyfan yn asio gyda'i gilydd i gyfleu alaw sydd mor llethol o drwm gan hiraeth fel y gadewir pob calon yn gignoeth. Pan synhwyrir na ellir goddef rhagor, mae'r gân yn ysgafnhau, â'r lleisiau'n uwch, ac maent yn swnio fel darnau o wydr yn tincial yn erbyn ei gilydd. Daw gwynt nerthol o gyfeiriad y drws i godi godre'r carpedi, diffydd y canhwyllau, ac yn sydyn, sylweddola'r cynulliad fod y canu yn dod o gyfeiriad y meirw. Wrth iddynt edrych dros eu 'sgwyddau, dyna lle mae'r corff yn codi ar ei eistedd yn yr arch, ac yn hedfan allan. Mae'r meirw yn toddi drwy'r sidan gwyn ac yn dod i'w gyrchu. Mor bur ydyw, mor ddilychwin—ond yn wahanol i'r hyn a adwaenwn ni, mae yna olau o'i mewn a gellir gweld drwyddo, mae'r sylwedd a gysylltir efo'r corff dynol wedi mynd. Â'r meidrolion ymlaen gyda'u seremoni, codant yr arch a gorymdeithio'n araf a dwys o'r eglwys. O'u blaenau, cerdda'r ymadawedig gan ddod ar draws mwy a mwy o'r meirw y mae'n eu hadnabod. Cofleidia hwy, a chymerant hi dan eu hadain.

Tu ôl iddi mae'r byw, yn wylofain ac yn rhincian dannedd. Mae eraill yn cynnal ei gilydd tra mae'r diniwed yn dawnsio a neidio am na allant ddirnad y galar. Weithiau, mae baich y gofid mor fawr fel na all yr osgordd fynd yn ei blaen. Ond wedi iddynt adfer eu hunain, ânt rhagddynt am fod ewyllys y byw yn gryfach na'r meirw.

Disgwylia hi wrthynt, gan nad yw am ddisgyn i'r bedd heb eu cwmni. Fe'i hebryngir at lan y bedd, sydd wedi ei agor yn barod, a'r ffordd wedi ei pharatoi ar ei chyfer. Unwaith eto, cana'r galarwyr drachefn a thrachefn. Cydia'r meirw ynddi a'i thywys i'r byd arall. Y synau olaf a glyw yw'r tonau lleddf hynny y bu mor hoff ohonynt yn ystod ei arhosiad ar y ddaear a'r rhai y gwyddai y byddai'n eu clywed drachefn yr ochr arall.

Rhyw gynhebrwng felly y carwn i Bigw ei gael.

16

Torrodd ei llais ar draws fy meddyliau.

'Diolch i chi am ddod â mi.'

Bu bron i mi fethu'r troad yn y ffordd gan gymaint fy sioc.

'Popeth yn iawn, Bigw. Dwi'n falch 'mod i wedi gallu dod â chi.'

'Dwi wedi bod eisiau mynd ers cyhyd, a phawb yn gwrthod.'

'Fyddwn ni fawr o dro yn cyrraedd yno rŵan.'

'Faswn i'n licio ei weld o am y tro olaf cyn i mi farw.'

'Peidiwch â siarad fel'na newch chi.'

'Ron i'n teimlo'n llawn embaras pan oedd hi'n dechrau sôn am farw. Synhwyrodd hithau hynny a bod yn dawel.

* * * * * *

Toedden nhw i gyd yn mynd yn rhyfedd pan ddywedai hi y gair yna. Roedd yn cael yr un effaith ar bobl â phetai'n rhegi neu'n dweud gair anweddus. Roeddynt yn mynd i'w gilydd i gyd. Er ei fod o'n un o'r pethau mwyaf naturiol dan haul, mae'n well ganddynt ei anwybyddu. Fel petai o ddim am ddigwydd iddynt hwy o gwbl . . . fel petai'n rhyw afiechyd y bu hi'n ddigon anffodus i'w ddal. Falle mai ceisio dianc rhag gorfod ei wynebu y maent. Dyna pam y maent yn anghyfforddus ym mhresenoldeb rhywun hen—maent yn sylweddoli mai dyna'r cyfan sydd yn eu haros hwy. Dim ond mater o amser ydyw tan y byddant hwythau i gyd yr un fath. Dyna a roddai gysur iddi.

Yn aml iawn, fe deimlai angen mawr i drafod yr hyn oedd ar fin digwydd iddi. Ond gyda phwy? Fyddai yna neb am ei drafod yn y Cartref. Er mai ar yr echel honno yr oedd bywyd y Cartref yn troi, ni fynnai neb gydnabod hynny. Roeddynt fel petaent yn credu y caent lonydd oddi wrtho cyhyd ag y gwadent ef. Tra gwrthodent ei gydnabod, doedd o ddim yn effeithio arnynt hwy. Rhywbeth a ddigwyddai i bobl eraill ydoedd.

Ni allai ei drafod gyda'r gweinidog. Anaml iawn y gwelai hi o. Person dieithr ydoedd, ac ni theimlai y gallai drafod mater mor bersonol gydag o. Ar yr ychydig adegau yr oedd wedi ei weld, sgwrs blentynnaidd iawn oedd ganddo. Siaradai gyda hi yn union fel petai'n siarad gyda phlentyn. Bob tro y ceisiai godi'r pwnc gydag Eleni neu un o'i theulu, byddent yn mynd yn anghyfforddus iawn ac yn troi'r sgwrs i drafod rhywbeth oedd yn nes at bynciau bob dydd. Doedd pobl normal ddim yn trafod marwolaeth.

Efallai fod pobl yn amharod i'w drafod rhag ofn ei gwneud hi yn ddigalon, ond roedd hi wedi cyrraedd oedran bellach lle nad oedd emosiynau yn ei chynhyrfu fawr. Yn yr un modd ag y collodd ei synnwyr i weld a chlywed ac arogli, yn yr un modd ag yr arafodd ei chorff ac y gwanhaodd ei chyhyrau, felly y pylodd ei hemosiynau fel nad oedd yn profi eithafion teimladau mwyach. Yn wir, ni allai gofio pryd y cynhyrfwyd hi ddiwethaf. Ers iddi ddod i'r Cartref, fe'i dadrithiwyd i'r fath raddau gyda phopeth fel y bu raid iddi ymarfogi ei hun dim ond i'w gwneud yn bosib iddi allu byw o ddydd i ddydd. Ceisiodd argyhoeddi ei hun nad dyma oedd diwedd y daith, ac mai yn y Cartref dros dro yn unig yr oedd. Ond fel yr âi'r misoedd yn dymhorau ac yn flynyddoedd, roedd yna wirionedd anghyfforddus yn mynnu gwthio ei hun ar y gorwel. Waeth pa mor galed y ceisiai ei anwybyddu, gwrthodai adael llonydd iddi, yn union fel y ddannodd neu dyfiant y tu mewn iddi. Roedd o'n amlwg y byddai yn y Cartref am weddill ei bywyd, ond gan nad oedd neb wedi gwadu'n bendant y syniad o gael dychwelyd adref rhyw ddydd, glynai at hynny fel gelen. Gwyddai pe bai'n colli gafael ar y gobaith egwan hwnnw, y byddai ei diwedd yn dod yn llawer cynt.

Na, doedd ganddi hi ddim ofn mynd. Dim o gwbl. Sylweddolodd ers tro nad un digwyddiad oedd marw, ond yn hytrach broses oedd yn cychwyn o ddydd eich geni. Ieuenctid oedd y cyflwr hwnnw o fod yn ddigon cryf i wadu'r gwirionedd hwnnw gan dyfu ac ymgryfhau. Ond unwaith oedd y bêl wedi ei gwthio, doedd dim modd ei stopio. Wedi'r deugain oed, deuai dirywiad y corff yn ffactor yr oedd yn rhaid dygymod ag o, a dysgai'r hunan i ddod i delerau â'r ffaith ei fod yn darfod. Doedd dim pen draw rhesymegol arall ond marw. Y broses o ddod i stop fyddai'r digwyddiad mwyaf i'r corff ers iddo gael ei eni. Roedd yn naturiol i rywun hel medd-yliau . . . pam na châi eu mynegi?

Sut oedd marw? Sut y byddai'n gwybod pan fyddai

wedi marw? I bobl eraill, byddai'r ffaith yn un amlwg, ond sut brofiad fyddai o iddi hi? Beth fyddai'r peth cyntaf a deimlai? Beth oedd y pethau cyntaf i'w disgwyl? Sut oedd dod i delerau â gadael byd o amser i fynd i fyd tu hwnt i synnwyr?

Wyddai neb yr ateb. Doedd yna ddim ateb. Pam ddylai hi gael gwybod rhywbeth oedd wedi poeni'r ddynoliaeth ers cyn cof? Ond nid ateb oedd hi'n ei chwenychu yn gymaint â sgwrs neu drafodaeth. Unrhyw beth a fyddai'n torri ar draws y cynllwyn ofnadwy yma o beidio ag ynganu'r gair, heb sôn am siarad amdano.

Bod ei hun a'i poenai fwyaf. Tybed oedd o'n haws i rai priod? Wrth iddi gael ei gostwng i'r bedd, oedd yna rywun fyddai'n ei chyfarch yn gyfeillgar gan sicrhau fod popeth mewn trefn? Oedd yna rywun i'w chodi a gafael yn ei llaw i'w harwain at Sedd y Farn? Fyddai raid iddi wynebu'r cyfan ar ei phen ei hun? Roedd hi mor ddi-glem, a chymaint o ofn gwneud rhywbeth o'i le.

* * * * * *

Byddai'n ddistaw am gyfnodau hir, rwy'n cofio'n iawn, a phryd hynny, doedd yr awyrgylch yn y car ddim yn gyfforddus iawn. Cofiaf yn awr am y modd y byddai yn datgysylltu ei hun yn llwyr oddi wrth y byd yma. Rhythai o'i blaen, ond doedd ei llygaid yn gweld dim byd. Ar adegau felly, gwyddwn ei bod wedi neilltuo ei hun i'w chysegr preifat, ac mai ofer oedd galw arni.

Yr hyn a darfai arnaf oedd fod gen i syniad go dda am beth y myfyriai. Gwyddwn yn iawn y byddai wedi gwerthfawrogi sgwrs i drafod, ond fedrwn i ddim. Mae 'na euogrwydd dwfn yn pwyso ar f'ysgwyddau i nawr, ond am ryw reswm dirgel, fedrwn i ddim gwneud fy hun drafod y mater. Beth yn y byd oedd yna i'w ddweud? Nid y fi oedd y person i siarad am bethau felly gyda hi, roeddwn i'n rhy ifanc. Dylai hi fod wedi cael doctor neu weinidog i siarad ag o, ac i leddfu ei phryder. Pa gymorth fyddwn i wedi gallu bod? Yr oedd yr holl fusnes yn codi ofn arnaf, ac mae'n siŵr nad oedd diben ein taith y diwrnod hwnnw yn help i gael y peth allan o'i meddwl.

Rŵan, rwy'n difaru. Beth fyddai o wedi ei olygu i mi wrando arni, hyd yn oed os oeddwn i'n hollol anghymwys? Roeddwn i wastad wedi gohirio'r mater tan y tro nesaf, nes yn y diwedd doedd yna'r un tro nesaf. Digwyddodd. Roedd hi wedi mynd.

Fe ddyfalais i gymaint o weithiau sut y byddai'n digwydd yn y diwedd. Bob tro y dychwelwn o daith bell, yr hyn a ofnwn fwyaf oedd clywed fod Bigw wedi marw. Rywsut, goroesodd gyhyd fel y blinodd pobl ddyfalu pryd y byddai'n marw. Roedd hi wedi bod yn naw-deg-rwbath am gyhyd, mae'n rhaid ei bod yn agosáu at gant. Sawl tro y dywedodd nad oedd eisiau byw i fod yn gant? Sawl tro y dywedodd y byddai'n falch o gael mynd? Mae'n rhaid ei bod wedi syrffedu'n ddychrynllyd i allu dweud hynny. Ond roedd hi'n dal i feddu ar ei synhwyrau. Wedi'r cyfnod o fod yn rhyfedd pan oedd hi'n byw gyda ni, adolygwyd ei chyffuriau a daeth newid mawr drosti. Doedd hi ddim yr un person. Gyda'r fath drawsnewidiad, dyfalwn pam na allai'r meddygon addasu'r ddôs nes ei gwneud yn holliach, ond efallai fod hynny y tu hwnt iddynt.

* * * * * *

Fe'm deffrowyd gan sŵn ffôn un bore ymhell bell i ffwrdd. Roedd hi'n gynnar iawn. Pan oeddwn ar fin troi i ailgydio mewn cwsg, sylweddolais na fyddai neb yn galw yr adeg yna o'r bore oni bai ei fod yn fater o bwys. Rhwng cwsg ac effro, llwyddais i gyrraedd y ffôn a'i godi.

'Mrs. Walters y Cartref sydd yma. Mae gen i newyddion drwg i chi . . . .'

'Ia . . . ?'

'Mae Miss Hughes wedi marw.'

'Wedi marw?'

'Ia . . . mi fuo hi farw tua thri o'r gloch y bore 'ma—yn dawel iawn.'

'Diar mi.'

'Fuo hi ddim mewn poen o gwbl.'

'Mae hynny'n gysur.'

'Ia . . . isio gwybod yr oeddwn . . . wn i ddim os gwyddoch chi . . . eisiau cael ei chladdu neu ei chremêtio oedd hi?'

'Radeg honno y disgynnodd y ffôn o fy llaw. Roedd fel petai rhywun wedi gwasgu nodwydd i'm gwythiennau a'm gwneud yn gwbl ddiymadferth. Fedrwn i ddweud na theimlo dim. Roedd yna ddynes yr ochr arall i'r ffôn yn holi os gwyddwn i p'un ai eisiau cael ei chladdu neu ei llosgi oedd Bigw, yn union fel petai hi'n gofyn imi ddod draw i de.

Wn i ddim yn iawn, Mrs. Walters . . . p'un fyddai eich dewis chi? Mae claddu yn ffordd mwy traddodiadol, ond mae lot yn cael eu llosgi y dyddiau hyn tydi? . . . Arbed lot o lanast . . . . P'run ydi'r rhataf, deudwch? Ddaru chi ddim digwydd holi Miss Hughes ei hun tra oedd yn dal yn fyw, naddo? Dydi o ddim yn gwestiwn ar un o'r miloedd ffurflenni rheini roeddech chi am iddi ei llenwi? Tase chi wedi gofyn iddi, mi fydde hi wedi gallu dweud yn syth. Mi feddyliodd yn hir am y mater . . . . Na, wn i ddim ychwaith. Ofynnais innau erioed iddi, a ddeudodd hi ddim wrthyf innau. Dydi o ddim yn rhywbeth 'da chi'n licio ei drafod nac ydi, hen fusnes annifyr ydi o.

'Helo, Helo? Mae'n ddrwg gen i orfod gofyn, ond mae'n rhaid i mi gael gwybod cyn y daw y doctor—fydd yn rhaid iddo fo ei roi ar y ffurflen.'

Mwy o ffurflenni . . . . Ia, ewch ymlaen â'ch busnes. Wedi'r cyfan, busnes ydi o i chi 'te? Rydach chi'n gyfarwydd efo rhyw bethau fel hyn. Mi fydd yna hen drefnu yr ochr yma rŵan 'chi . . . bydd, c'nebrwn a ballu. Hen strach ydi o 'te? Tydi o'n biti na fasach chi'n gallu eu lapio nhw mewn papur newydd a'u rhoi nhw allan ar gyfer y lori ludw? Mi fydda hynna'n arbed cymaint o drafferth i bawb, a mi fydda fo drosodd mewn chwinciad.

'Helo?'

Dwi ddim yn cofio beth ddywedais i. Rhywbeth i'r perwyl y baswn i'n ffônio yn ôl. Dwi ddim yn credu i mi roi'r ffôn i lawr arni, er cymaint y teimlwn fel gwneud hynny.

Felly roedd hi wedi mynd. Roedd o wedi gallu digwydd mor rhwydd â hynny. Chefais i ddim dweud ta-ta wrthi. Roedd yna gymaint o bethau heb eu dweud, gymaint o bethau ar eu hanner. A rŵan, roedd hi wedi mynd. Chefais i ddim rhybudd. Chefais i ddim eistedd wrth ei gwely. Dim cyfle i'w nyrsio a gofalu amdani yn y dyddiau diwethaf. Dim cyfle i weini arni, i'w chysuro yn awr ei gwendid. Dim cyfle i ymbaratoi wrth ddisgwyl y diwedd.

Felly, mi aeth hi! Mor slei â hynny! Heb ddweud wrth neb . . . mi lwyddodd hi i ddianc! Heb i neb ohonom allu ei rhwystro, na'i llenwi efo mwy o gyff-uriau, na'i rhwymo i'w gwely . . . mi gododd, ac mi aeth! Hi enillodd!! Mi ddaliodd y bws!!!!

17

Mae'n rhaid ei bod wedi dal ei gafael ar bopeth. Welais i rioed ffasiwn lanast. Roedd o'n union fel tasa rhywun wedi cloddio efo rhaw i mewn i domen y gorffennol ac wedi lluchio'r cyfan i lofft gefn ein tŷ ni. Am faint o wythnosau fuo Mam druan ar ei gliniau yn ei ganol yn mynd drwyddo efo crib mân, wn i ddim. Byddai unrhyw un arall wedi llogi'r sgip agosaf ac wedi lluchio'r cyfan i mewn iddi, ond fasa Mam byth yn gwneud hynny. Fel teyrnged i ofal Bigw am y pethau hyn dros y blynyddoedd, teimlai Mam mai ei dyletswydd oedd eu chwynnu yn ofalus. Ond y fath 'nialwch!—yn ddillad, llyfrau, lluniau, yn focsus o atgofion ar dopiau'i gilydd. Mae'n rhaid ei bod wedi cadw pob cerpyn fu'n eiddo iddi—yn sanau silc ac yn ddillad isaf o oes yr arth a'r blaidd. Yn llieiniau hynafol roddwyd o law i law gan fam hen hen hen hen nain i'w thaid. Faswn i ddim yn synnu tasa rhai ohonyn nhw'n perthyn i Jane Hellena . . . . Lluniau pobl oedd bellach yn llwch, yn gerrig a broitsys a modrwyau yr anghofiwyd eu harwyddocâd.

Prin y gwelsom ni Mam yn ystod y dyddiau hynny. Y cwbl oedd i'w glywed o'r llofft gefn oedd sŵn fel siffrwd llygoden brysur yn byseddu'r holl greiriau fel tasa hi'n chwilio am rywbeth ac yn methu dod o hyd iddo. Mynych yr euthum i'm gwely yn hwyr a gweld y rhimyn o olau dan ddrws y llofft fach a dyfalu beth a'i cadwai yno gyhyd.

Unwaith, pan oedd Mam allan, mi fentrais i mewn i'r cysegr a chael fy synnu gan gynifer o bethau oedd yno. Roedd Mam wedi hanner eu didoli gan eu rhoi mewn pentyrrau gwahanol ar y gwely. Ond roedd yn amlwg na ddeuai hi byth i ben. 'Radeg honno y gwelais i'r dyddiadur. Nid un Bigw oedd o, ond un ei brawd. Y flwyddyn oedd 1917. Gafaelais ynddo yn betrusgar, ac roedd gen i ofn ei agor. Tan yr adeg honno, cymeriad mewn stori oedd Harri Frawd Bigw, soldiwr tun o'r gorffennol pell a oedd yn byw yng nghof Bigw. Nawr fod Bigw wedi mynd roedd Harri yn fwy marw nag erioed. Ac eto, wrth fyseddu tudalennau'r gyffes honno, sylweddolais beth mewn gwirionedd a fu farw— bachgen, brawd, gŵr o gig a gwaed a fu fyw ac a deimlodd ac a anadlodd fel fi.

'Felt tired today. Wrote letter home.'

Dyna'r geiriau olaf a ysgrifennwyd yn y llyfr ddeuddydd cyn ei farw. Mor sydyn roedd o'n gallu taro! Yn yr un bocs â'r dyddiadur, yr oedd pob math o bethau yn ymwneud â Harri—ei dystysgrif marwolaeth, y llythyr a hysbysai'r teulu o'i farw, lluniau ohono fel milwr, lluniau ohono'n fachgen, llun o'r bedd, ei lythyrau, ei gardiau. Roedd y bocs ei hun yn union fel bedd.

Treuliais dros awr yn rhyfeddu at yr holl bethau hyn, gan ddarllen ac edrych ar lawer o bethau na ddylwn eu gweld mae'n siŵr, ond mae gwedduster o'r math yna yn diflannu wedi i rywun farw. Cefais ddifyrrwch mawr yn edrych drwy lyfr lloffion Bigw ac wrth i mi edrych drwyddo, sylwais drwy gil fy llygad ar rywbeth cyfarwydd dan y gwely. Bag llaw Bigw oedd o—yr un peth y gwnawn yn siŵr ei fod ganddi wrth ei hochr yn gyson. Estynnais amdano a'i agor gan deimlo braidd fel merch fach yn meiddio stwnan yn eiddo gwaharddedig pobl mewn oed. Doedd dim byd ynddo ar wahân i'r hen grib, pwrs, hances, eau de cologne, a'r 'Birthday Book' a roddais i yn anrheg iddi unwaith. Roedd blewyn neu ddau yn dal yn sownd yn y crib. I mi, y bag hwnnw oedd Bigw. Tydi o'n rhyfedd fel mae pethau sy'n perthyn i ni yn cael eu gadael ar ôl wedi i ni fynd? Rywsut, dylai popeth sy'n eiddo inni ddiflannu wrth i ni ddiflannu. Ond nid felly y mae. Dim ond ein cyrff sy'n mynd, mae popeth arall sy'n perthyn i ni, sy'n ymgorfforiad ohonom, yn aros. Dyma sy'n codi hiraeth.

Wrth fodio drwy'r 'Birthday Book' yn meddwl am yr hen wraig, syrthiodd darn o bapur—hen, hen bapur melyn brau—o'r llyfr.

'To Lisi—don't get drunk on your twenty-first!'

Tasa 'na neidr wedi saethu allan o'r bag, faswn i ddim wedi cael mwy o sioc. Bigw—Bigw hen, sych, fethedig yn cadw rhywbeth fel hyn! Pwy a'i rhoddodd iddi? Beth oedd ei arwyddocâd a'i gwnâi yn ddigon pwysig i gael ei gadw am ddeng mlynedd a thrigain? Yn sydyn, ynghanol yr holl bethau digalon yma, dyma fi'n gwenu, ac yna'n chwerthin yn uchel. Bigw! Hen hulpan ydw i. A ddaru mi feddwl erioed fy mod yn dy 'nabod?

18

Roedd yna hen awyrgylch anghyfforddus yn y car.
Doedd Eleni ddim wedi dweud gair ers talwm fel
petai wedi cael digon. Synhwyrai Bigw ei bod wedi
colli diddordeb yn y daith. A ddylai hi geisio
gwneud sgwrs neu gadw'n dawel? Roedd mor
anodd gwybod efo Eleni, roedd yn hogan mor
ryfedd. Ddeallodd Bigw mohoni erioed. Doedd
ganddyn nhw ddim oll yn gyffredin. 'Blaw ei bod
hi, Bigw, yn chwaer i nain Eleni, fydden nhw ddim
yn gwneud y daith hon o gwbl. Weithiau, ni fyddai
Bigw yn gweld Eleni am wythnosau maith, ac yna
fe ddeuai i'w gweld ddwy waith mewn wythnos.
Gallai fod yn annwyl iawn ar brydiau ond ar adegau
eraill roedd fel creadures o fyd arall. Roedd yn gas
gan Bigw feddwl fod Eleni yn dod i'w gweld o ran
dyletswydd. Gwyddai fod Eleni a'i mam wedi cym-
ryd mwy o ddiddordeb ynddi ar ôl i Hanna farw.
Roedd fel petai Bigw yn llenwi'r gwacter yr oedd
Hanna wedi ei adael ar ôl. Hi, Bigw, oedd
cynrychiolydd—unig gynrychiolydd—y genhedlaeth
hŷn bellach.

Pam oedd Eleni yn gwneud y daith hon gyda hi?
Ai helpu hen wreigen i gyflawni ei dymuniad olaf yr
oedd? Ai tosturi oedd wrth wraidd y gymwynas?
Gwingodd Bigw. Dyna oedd yn gyfrifol am yr
anesmwythyd rhyngddynt. Roedd Eleni yn tosturio

wrthi. Gallai ei deimlo yn y ffordd y byddai Eleni yn taflu golwg arni bob yn hyn a hyn, yn y modd y byddai yn ei helpu i gerdded, yn y ffordd y byddai'n gafael ynddi yn dynnach nag oedd eisiau.

I Eleni, doedd hi'n ddim amgen na hen lestr oddi ar dresel Anti Winni oedd yn werthfawr ac yn teilyngu parch dim ond am ei fod yn hen. Beth wyddai Eleni am ei gorffennol, am sut wraig oedd hi mewn gwirionedd, am gymaint o fywyd oedd yr esgyrn brau hyn wedi bod yn dyst iddo? Mor dwyllodrus y gall ymarweddiad person fod!

Sut yn y byd oedd hi wedi dirywio i'r fath gyflwr? I ble aeth y corff hardd hwnnw fu'n destun cymaint o edmygedd ers talwm? Pwy ddaru ddwyn y lliw o'i gwallt a'i gruddiau a'i gadael i sychu fel hyn? Pwy gymrodd oddi arni'r gosgeiddrwydd hwnnw oedd mor nodweddiadol ohoni, a phlygu ei hasgwrn cefn fel mai prin y gallai weld i ble roedd yn mynd? Mae'n rhaid fod ganddo ryw synnwyr digrifwch ffiaidd. Pa leidr ddaru ganfod ei ffordd i mewn iddi a chymryd oddi arni ei gallu i weld a chlywed a blasu? Pam gafodd hi ei gadael yn wag a diymgeledd pan oedd pawb arall wedi cael mynd? Beth wnaeth hi i haeddu cael ei gadael ar ôl?

Gallai eu gweld yn cerdded o'i blaen yn awr— Gertie a David, Elsie, Dic a Muriel. Roedden nhw'n mynd yn eu blaenau yn hamddenol ar hyd y prom a hithau'n dal ei sawdl rhwng yr estyll pren. Gwaedd-odd arnynt, ond roeddent wedi mynd yn rhy bell, ac roedd gormod o bobl o gwmpas. Syllai llygaid dieithr arni a theimlai yn wirion iawn. Yn y diwedd, trodd Muriel i edrych lle roedd, a rhedodd ati i'w helpu. Chwerthin ddaru nhw, chwerthin yn wirion wrth geisio datod yr esgid, a chwerthin a wnaethant wrth gofio'r digwyddiad flynyddoedd wedyn.

Mor felys oedd y cyfnod hwnnw, mor ddibryder eu dyddiau! Doedd dim i dywyllu'r ffurfafen, a doedd dim gofyn iddynt wneud mwy na mwynhau eu hunain. Yn ddigyfrifoldeb a gyda digon o gyfoeth i fyw ar eu harian, gallent fforddio treulio eu hamser yn canolbwyntio ar fyw bywyd i'r eithaf.

Melys, melys oedd yr atgofion hynny o gerdded milltiroedd yng nghwmni ei gilydd—nôl a mlaen ar hyd y prom, i dŷ hwn a'r llall am goffi, ac allan eto yn y prynhawn am dro yn y car, ac yna gwledda mewn gwestai. Doedd yn ddim ganddyn nhw ferched i hel eu traed i Lerpwl a dod yn ôl yn llwythog gyda phob math o ddanteithion a gwisgoedd cain. A'r partïon! Wyddai'r genhedlaeth hon ddim am y sbort a'r rhamant a'r hwyl gwallgo a gaent yn y partïon hynny. Dawnsio a gwledda tan yr oriau mân, ac yna llithro at y traeth dan olau lleuad i wrando ar addewidion ffôl rhyw gariad. Mynd a dod fel y llanw a wnâi'r cariadon hynny, ac mewn dim byddai eu haddewidion wedi diflannu fel olion eu traed yn y tywod. Ond fe ddeuai cariadon newydd a ffrindiau newydd, a fyddai neb ar ei ben ei hun, neb yn unig.

Er mai ar ei phen ei hun yr oedd yn byw wedi i'w thad farw, roedd yna rywun draw yn ei thŷ bob nos i gadw cwmni, neu fe gâi hi wahoddiad i dŷ cyfaill. Roedden nhw i gyd yn ffasiwn ffrindiau, a'u cyfeillgarwch yn gwlwm mor dynn fel na chredai y gallai neb ei ddatod.

Gwenai wrth gofio ei rhyfyg yn prynu'r car bach

hwnnw, cael dwy wers yrru hanner awr, ac yna'n meiddio cychwyn i lawr i Lundain. Roedd hi wedi gwirioni cymaint ar y peiriant bach fel na fyddai India wedi bod yn rhy bell, ac roedd yn dda fod yna fôr ar ôl Llundain, neu does wybod ble y byddai wedi cyrraedd. Daeth Maude a Muriel gyda hi yn syth ac ymunodd Alfred ar y daith. Dyna oedd cychwyn y garwriaeth rhyngddo ef a Maude. Wedi rhyw chwe awr yn y sedd gefn, yr oeddent wedi dod i adnabod ei gilydd yn dda iawn, a Muriel a hithau yn y sedd flaen yn wincio ar ei gilydd fod y 'match' wedi gweithio.

Os oedd partïon adref yn grand, doedden nhw yn ddim mewn cymhariaeth â'r gwleddoedd a gaed yn Llundain. Ac ar gyfer crandrwydd ar y raddfa yna, rhaid oedd cael gwisgoedd addas. Gwridai wrth feddwl cymaint o arian a warient—ar ddillad, bwyd a gwin, ond pwy a faliai? Olwyn ffair fawr oedd bywyd a'r un a fentrai fwyaf oedd yn ennill. Tra oedd bywyd yn braf, beth oedd o'i le ar ei fwynhau? Byddai digon o ofid yn dod i'w canlyn wedyn. Na, doedd hi'n difaru dim.

Dim ond yn hiraethu. Beth a roddai yn awr am gael teimlo breichiau cadarn Morris Reynolds yn gafael ynddi fel y gwnaeth y noson honno pan oedd yn bygwth ei lluchio i'r môr? Sgrechian a chwerthin ar y traeth wnâi pawb arall a hithau yn eu mysg nes iddi deimlo ei hun yn cael ei chario yn ei freichiau drwy'r awyr, a gwlybaniaeth y tonnau yn tasgu ei fferau a Morris yn wlyb at ei ganol. Dychrynodd, a gafael yn sownd am ei wddf. Tynhaodd ei afael yntau arni ac fe'i cusanodd hi'n frwd. Yn y diwedd, yr oeddynt yn wlyb at eu crwyn, ond roedd atgof am y noson honno mor fyw fel y gallai gofio'n awr wres ei gusan ar ei gwefus hallt.

Roedd Muriel a hithau mor agos â dwy gneuen, y ddwy mor wallgo â'i gilydd. Doedd dim modd eu gwahanu, ac roeddynt yn nes at ei gilydd na dwy chwaer. Byddai pobl yn dweud 'Lisi a Muriel' fel y dywedent 'pupur a halen' a daeth eu henwau yn gyfystyr â rhialtwch a mwynhad. Tyrrai ffrindiau o'u cwmpas fel gwenyn o amgylch blodau, ac roedd croeso i unrhyw un a oedd yn fodlon mwynhau ei hun i'r eithaf gan luchio pob gofal i'r pedwar gwynt.

A lle oedd Muriel yn awr? Mewn Cartref Henoed yng Nghonwy wedi colli ei chof. Y fath golled! Y tro diwethaf iddi gael ei gweld, ni wyddai Muriel pwy oedd hi, doedd hi'n ddim namyn dieithryn. Roedd yr holl atgofion wedi diflannu fel dŵr i lawr sinc a doedd dim modd cael gafael arnynt. Syllodd y ddwy ar ei gilydd, ond doedd dim synnwyr i'w gael. Ceisiodd Bigw bob enw person a lle y gallai feddwl amdanynt, rhag ofn iddi gyffwrdd rhyw allwedd gudd a fyddai'n agor meddwl ei ffrind, ond yn ofer. Gafaelodd yn ei dwylo ac ynganu enwau'r ddwy ohonynt drosodd a throsodd . . . Lisi a Muriel . . . Lisi a Muriel . . . Lisi . . . a Muriel?

Chwiliodd wyneb Muriel am rithyn o oleuni, ond nid wyneb Muriel mohono. Roedd rhywbeth dychryn-llyd wedi digwydd iddo. Roedd fel petai brân farus wedi bod yn ei bigo ym mhob man, ac wedi gadael olion ei thraed blêr drosto. Muriel . . . ?

Curodd ar ddrws ei chof yn daer, ond ni chafodd groeso. Doedd dim yn bod ar olwg ei ffrind. Gallai Muriel weld y person o'i blaen, ond nid oedd yn golygu dim byd. Arhosai'r ddelwedd yn negatif yn ei phen, ac ni allai fynd drwy'r broses o'i ddatblygu. Yn raddol, toddodd yn ddim a daeth delwedd arall i'w phen. Roedd cadair wag o'i blaen. Roedd Bigw wedi mynd.

Addawodd Bigw na fyddai byth yn dychwelyd i'r Cartref hwnnw eto. Roedd rhai ffrindiau yn gallu ei gadael cyn cael eu claddu hyd yn oed. Ddychmygodd hi erioed y gallai henaint chwarae tric mor gas arni.

* * * * * *

'Oes gennych chi hances, Eleni?'

'Oes, mae 'na focs o hancesi papur yn rhywle.'

'Oes bosib i mi gael un yn awr, mae nhrwyn i'n rhedeg.'

Dim ond yr ochenaid leiaf a roddodd Eleni wrth stopio'r car, ond roedd yn ddigon i Bigw ei chlywed. Tyrchodd o gwmpas y car yn chwilio am y bocs hancesi a daeth o hyd iddo'n y diwedd gan estyn un a'i rhoi yn llaw Bigw. Sychodd Bigw ei thrwyn—roedd yn gas ganddi hancesi papur, fydda hi byth yn eu defnyddio 'blaw bod raid. Dyna grynhoi'r gwahaniaeth rhwng ei hoes hi ac oes Eleni. Cenhedlaeth hancesi papur oedd un Eleni, cenhedlaeth sanau silc a hancesi lês oedd ei un hithau.

19

Estyll noeth oedd dan draed heb garped i'w cuddio. Gan i'r capel yr arferai Bigw addoli ynddo yn ifanc gael ei dynnu i lawr, bu raid bodloni ar y festri. Mor wahanol ydoedd i'r hyn a ddychmygais amdano. Cafodd y cyfan ei wneud ar frys, a doedd yna neb fel petai ganddo ryw lawer o amynedd. Aeth amser maith heibio ers i'r aelod dwytha o'r teulu farw ac nid oedd neb fel tasa fo'n cofio'n iawn sut oedd trefnu cynhebrwng.

Yn niffyg Sêt Fawr, gosodwyd mainc yn y blaen ac ar hon y rhoddwyd arch Bigw. Roedd fel petaen ni wedi cael menthyg cegin rhywun i gyflawni defod ddylai gael ei chynnal yn y parlwr. Ar wahân i'n teulu ni, a rhyw berthnasau pell yr oeddwn wedi anghofio amdanynt, dim ond dau arall oedd yn bresennol. Hen ŵr a hen wraig hynafol a eisteddai yn llonydd iawn mewn du reit yn y cefn oeddynt. Oni bai eu bod wedi pesychu unwaith neu ddwy, byddwn wedi dechrau amau cynhebrwng pwy oedd o.

Syllais ar yr arch. Er mai dim ond pedwar diwrnod oedd wedi mynd ers iddi farw, teimlwn ei bod wedi ein gadael ers oesoedd, ac eto, dyna lle roedd hi o'n blaenau yn yr arch. Bron yn ddigon agos i mi ei chyffwrdd. Dywedwyd ychydig eiriau amdani, a chafwyd rhyw lun ar bregeth, os cofiaf, ond doedd na ddim siâp ar y canu. Doedd yr aelodau pell o'r teulu ddim yn gyfarwydd â'r geiriau, ac o'r rhai a wyddai'r geiriau, y peth diwethaf yr oeddynt eisiau ei wneud oedd canu. Dydw i ddim hyd yn oed yn cofio pa emynau oeddynt yn awr.

Roeddwn yn meddwl am yr adeg olaf y gwelais i Bigw. Rhyw dair wythnos ynghynt oedd hi, ac roedd yn achlysur mor ddi-urddas. Roedd hi wedi dod am de i'n tŷ ni a finnau wedi cyrraedd adre'n hwyr, ac wedi colli'r te. Bu raid i Mam adael Bigw yn ein gofal am ei bod yn gorfod mynd i rywle. Fel yr oedd ar fin mynd adref, dywedodd Bigw ei bod eisiau 'mynd i'r House-of-Lords'. Mam fydda'n arfer gofalu am hyn, a wyddwn i ddim yn iawn beth i'w wneud gan na allwn i byth ei chael i fyny'r grisiau. Yn y diwedd, euthum â hi yn ei chadair olwyn at ddrws y lle chwech yn y cefn, a cheisio ei llusgo i mewn gan adael y pulpud tu allan. Roedd y lle rhy fach i neb allu troi ynddo, a doedd Bigw'n gallu gwneud dim heb fod i'n gafael yn dynn ynddi. Ni fedrwn ddianc allan hyd yn oed i roi rhywfaint o breifatrwydd iddi, dim ond sefyll uwch ei phen yn syllu ar ei chorun moel a'i gwallt nad oedd yn ddim mwy na blew ysgafn arno. Wn i ddim p'un ohonom oedd yn teimlo'r cywilydd mwyaf. Sylweddolais y byddai'n rhaid i mi ei sychu hefyd tra safai hi yn amyneddgar yn gafael yn y drws. Meddyliais sawl gwaith y bu'n rhaid i Mam wneud hyn. Bron nad oedd gen i ofn ei chyffwrdd gan mor llac a thenau oedd ei chroen. Drysais yn llwyr wrth geisio rhoi ei dillad yn ôl gan fod ganddi gymaint o haenau amdani.

'Mae'n ddrwg gen i, Bigw,' meddwn i, yn trio gwneud iddi deimlo yn llai anghyfforddus.

'Hitiwch befo,' meddai hithau, yn sefyll fel delw yn disgwyl i'r holl bantomeim ddod i ben, 'rydw i wedi arfer efo bob siort bellach.'

Ia, ond nid 'bob siort' oeddwn i. Eleni oeddwn i, ac roedden ni'n perthyn. Roedd mwy o ots gen i amdani hi na'r un o'r merched yn y Cartref yna oedd yn gweini arni'n ddyddiol. Nid cweit digon o ots i roi mywyd i ofalu amdani fel y gwnaethant hwy, ond roedd yn golygu dipyn go lew i mi.

Pan oedd Dad yn ei danfon adref, eisteddais wrth ei hochr ar y sedd gefn i'w hebrwng yn ôl i'r Cartref. Roedd ei dwylo yn oer iawn fel arfer. Rhoddais fy mraich drwy ei braich hi ac roedd fel petai'n falch mod i'n gafael ynddi. Wrth i ni fynd yn y car, aeth Bigw yn fwy ac yn fwy cysglyd nes y rhoddodd ei phen ar fy ysgwydd ac ildio i gwsg. Gwrandewais ar ei hanadlu afreolaidd a chofiaf feddwl am ba hyd y byddai hon gyda ni eto. Roeddwn eisiau iddi aros felly am byth, yn pwyso arnaf, a finnau'n teimlo 'mod i'n gallu bod o rywfaint o gysur iddi.

Pan ddaru ni gyrraedd y Cartref, bu raid ei deffro, a daeth merched y Cartref at y car a chymryd Bigw oddi wrthyf. Gosodwyd hi yn ei chadair yn y parlwr a gwnes yn siŵr fod ei bag llaw ganddi. Rhoddais gusan ysgafn ar ei boch a theimlais flew ei wyneb ar fy nghroen. Wedi ffarwelio â hi, cododd ei llaw fel plentyn i ddweud ta-ta. Wrth inni fynd heibio ffenest y Cartref, dyna lle roedd hi yn dal i estyn ei llaw allan mewn ystum ffarwel er ein bod wedi mynd o'i golwg. Hwnnw oedd y tro olaf i mi ei gweld.

Oedd, roedd yr arch yn ddigon agos i mi ei chyffwrdd, a daeth ysfa drosof i wneud hynny. Ond ddaru mi ddim. Dilynais bawb arall allan o'r festri ar ddiwedd y gwasanaeth a sefyll yn y glaw yn ceisio dod i delerau â'r cymhlethdod teimladau oedd ynof. Bigw mewn arch! Fedrwn i ddim credu'r peth. Bigw wedi marw—roedd fel breuddwyd na allwn i ddod allan ohoni. Syllais ar y dynion dieithr yn rhoi yr arch yn y car, a sylwais ar hen ŵr yn cloi drws y capel. Tybed a oedd enw Bigw yn golygu rhywbeth iddo ef? Aeth pawb i'w ceir ac roedd pob un ohonynt yn iawn, neb eisiau help. Ar bob achlysur arall yr oeddem yn cyfarfod fel teulu, yn briodas, yn fedydd, yn Ddolig, roedd wastad angen gwneud trefniadau ynglyn â Bigw. Sicrháu fod rhywun efo hi drwy gydol yr amser a gwneud yn siŵr fod rhywun arall wrth law i helpu. Tro yma, doedd angen neb, roedd Bigw yn fwy didrafferth nag erioed o'r blaen. Pam na fasan ni wedi cael y syniad yma'n gynt o'i symud o gwmpas mewn bocs pren?

Roedd y cyfan mor ddieithr i mi. Wyddwn i ddim i ble roedden ni'n mynd. Wyddwn i ddim beth i'w ddweud, wyddwn i ddim sut i ymddwyn. Roeddwn i'n ceisio'r rhyddhad oedd i'w gael mewn dagrau, ond doedd neb arall yn crio, felly ddaru minnau ddim chwaith. Wrth fynd i fyny allt serth, gul Penlan, dangosodd Mam lle roedd Bigw yn byw ers talwm, a lle yr arferai hithau chwarae pan âi i'w gweld. Roedd yn gwbl ddieithr. Roeddwn wedi cymryd erioed mai yn Fynwent Fron y câi Bigw ei chladdu, efo Taid a Nain. Ddaru mi ddim ystyried mai gyda ei thad a'i mam hi y câi ei rhoi i orwedd, pobl oedd yn ddieithr i mi, a mynwent nad oedd gen i ddim atgofion i'w chysylltu â mi.

Hen hen fynwent oedd Fynwent Garn gyda cherrig beddau uchel tywyll y ganrif ddiwethaf yn llenwi'r lle. Camodd pawb rywsut rywsut dros y gwair hir gwlyb yn rhannu ambarel efo'r naill a'r llall. Gymaint brafiach fyddai hi wedi bod petai pawb arall wedi diflannu a gadael Bigw a minnau ar ein pennau ein hunain. Byddwn i wedi ei rhoi i orwedd yn esmwyth yn y bedd gyda photel ddŵr poeth a'i chusanu'n ysgafn cyn gadael. Edrychais ar y galarwyr. Rhyw dystion digon gwael oeddem. Roedd gan bob un ohonom ein bywydau bach ein hunain i ddychwelyd atynt unwaith y byddai'r cynhebrwng hwn ar ben. Doedd neb am golli dagrau yn ormodol dros rywun mor hen. Rywsut, mi fuo hi fyw dipyn bach yn hwy nag oedd yn weddus, dipyn bach yn rhy hir i ddisgwyl cydymdeimlad, a doedd dim gwadu ei bod wedi gwneud ei hun yn dipyn o faich. Wrth iddi gael ei gostwng i'r bedd, roedd fel petai pawb yn rhoi ochenaid fechan o ryddhad.

Ddaru ni ddim canu wrth y bedd—roedd hi'n bwrw gormod. Roedd pawb yn wlyb at eu crwyn, a doedd dim synnwyr ein bod allan yn y fath dywydd. Gorau po gyntaf yr aem i fochel. Pam na faswn i wedi aros yno? Aros yno a gwlychu'n domen a gadael i'r holl law olchi f'euogrwydd i a gwlychu fy ngruddiau yn niffyg dagrau. Pam na faswn i wedi bod yn ddigon cryf i ganu, dim ond un pennill, uwch ben ei bedd? Roedd hi mor hoff o emynau.

Ddaru mi ddim. Heb edrych yn ôl unwaith, prysurodd pawb i'w ceir ac i'r caffi yn y dref i gael te. Wrth daenu menyn ar y sgons a helpu ein hunain i gacenni jam a hufen, llifai'r rhyddhad drosom a daeth normalrwydd yn ôl i'n plith. Tywalltwyd y te i'r cwpanau ac roeddem ni, y rhai byw, yn yfed ac yn sgwrsio fel cynt. Yn wir, cyn bo hir, roeddem yn chwerthin ac yn adrodd straeon. Buom at ochr y dibyn ond ni ddaeth ein tro. Buom yn dyst i angladd hen geiniog a aeth dros yr ochr, ond roedd gennym ni beth amser yn weddill. Roedd tincial y llwyau ar y soseri yn sŵn mor gyfforddus o fydol, ac roedd cymaint o gysur i'w gael mewn paned. Mor esmwyth oedd y menyn ar ein tafodau a golchodd y te bob atgof o bydredd a phridd a phethau digalon felly o'n cegau. Mewn dipyn, roedd fel petai dim oll wedi digwydd. Rhyw grych ar wyneb y dyfroedd ydoedd, dim mwy. Roedd y cynhebrwng ar ben.

* * * * * *

Mi ddaru mi ddychwelyd yno—rhyw ddydd pan oedd hi'n dipyn brafiach, a neb arall o gwmpas. Dim ond petalau'r blodau oedd ar ôl a cherdyn yn llawysgrifen Mam wedi ei ddifetha gan y glaw, 'Er Cof am Bigw'. Roedd o mor syml. Bu bron i mi ei gymryd i gael rhywbeth i gofio amdani, ond meddyliais y byddai'n well i mi beidio rhag dod ag anlwc . . . dylid gadael y meirw mewn hedd. Tybed lle roedd hi'n awr, oedd hi'n gorffwyso, oedd hi mewn hedd, neu oedd hi'n crwydro dan y ddaear fel cynt eisiau mynd adref? Roedd hi wedi bod gyda ni ers cyhyd, a phrin yr oeddwn yn ei hadnabod. Petawn i ond wedi cael mwy o amser yn ei chwmni. Ond tra oedd hi'n fyw, roedd yna gymaint o bethau difyrrach i fynd â'm bryd.

Wedi iddi fynd, roedd o fel petai plwg wedi ei dynnu yn fy mhen, a llifodd yr atgofion yn ôl i mi. Pethau bach, ond pwysig. Y ffordd roedd hi'n gallu edrych yn ddigon direidus, ei synnwyr digrifwch—oedd mi oedd ganddi hi un—ei harferion oedd yn perthyn i'r oes o'r blaen, ei dewrder a'r ffordd yr oedd hi mor galed efo hi ei hun. Doedd dim arlliw o hunan-dosturi yn perthyn iddi. Y noson wedi iddi farw, euthum i'r gwely, ac wrth godi fy nghoesau oddi ar y llawr, daeth llun o Bigw yn fyw iawn i'm cof. Byddai Bigw yn eistedd ar erchwyn y gwely a byddem yn codi ei choesau a'i throi ar ei hochr. Gwnâi Bigw ei hun fel pelen a byddem yn rhoi'r botel ddŵr poeth iddi. Fe'i cymerai yn ddiolchgar a dweud, 'Fy ffrind gorau i'. Pa unigrwydd eithafol sydd yn rhaid i rywun ei ddioddef cyn cyfaddef mai potel ddŵr poeth yw ei ffrind gorau?

Rwy'n cofio pethau megis y cysur a gâi o sipian taffi ac yfed te, y camau byr a gymerai wrth gerdded, a'r ffordd y byddem yn dal ein gwynt rhag ofn iddi syrthio. Ei dwylo hir oer a'r bysedd cam, ei phen noeth a'i hosgo—daethant i gyd yn ôl i mi yn fyw ac yn llachar iawn.

Doedd hi ddim yn un a wisgai dlysau o unrhyw fath, ond mi fedra i gofio un neu ddau o bethau oedd ganddi ers cyn cof. Clamp o froitsh crand a fyddai'n ei gwisgo ar ei chôt orau, rhaff o berlau a roddai am ei gwddf ar ddiwrnod Dolig, a'r wats. Y wats ydw i'n ei chysylltu fwyaf efo hi. Wats dyn oedd hi, wats ei thad, ac os bu farw hwnnw yn nau ddegau'r ganrif hon, dyn a ŵyr faint oedd ei hoed. Roedd wyneb y wats, a fu unwaith yn wyn, wedi melynu nes ei fod yr un lliw â chroen Bigw. Ffydd yn unig oedd yn dal y strap lledr at ei gilydd— doedd hi byth yn gallu ei gau, a byddai'n rhaid i un ohonom ni ei gau drosti. Byddai'r strap mor llac fel mai'r unig ffordd o'i gadw ar ei garddwrn fyddai ei gau dros ei llawes. Y Dolig cyn iddi farw, dyma ni'n rhoi strap lastig am y wats, un y gallai Bigw ei roi am ei garddwrn ei hun ac yr oedd yn ffitio yn llawer gwell. Biti na fyddai rhywun wedi cael y syniad hwnnw hanner can mlynedd ynghynt. Tybed i ble yr aeth y wats honno—yr un a fu'n cyfri'r oriau i Bigw, a'r wyneb a gadwodd yn fwy ffyddlon iddi na'r un? Y bysedd rheini fu ar ei garddwrn gyhyd yn cadw golwg ar guriad ei chalon, ac a ddynododd iddi'r awr y dylai gael ei chodi a'i bwydo a'i rhoi i orwedd drachefn? Mi faswn i wedi licio ei chadw.

Fedra i ddim credu na chaf i ei gweld hi eto byth.

20

Y fraich oedd yn agor ffenest ochr y gyrrwr oedd y peth diweddaraf i fynd. Cawn yr argraff fod y car yn araf ddadfeilio. Tro dwytha yr edrychais i ar y tu blaen, roedd y plât a nodai rif y car wedi diflannu. Gwyddwn ei fod yn rhydd ers tro, ac roeddwn i wedi bwriadu tynhau'r sgriw, ond rhaid ei fod wedi mynd yn angof. Hen bethau diamynedd ydi ceir. Os nad ydych yn tendian arnynt yn syth, maent yn datgymalu. Tybed pa mor angenrheidiol ydi cael plât newydd? Oni bai ei fod yn drosedd mawr, waeth gen i fynd o gwmpas heb rif. Fydda i byth yn ei gofio p'run bynnag. Dyna'r drafferth efo car— mae 'na gymaint o bethau bach yn gallu mynd o chwith—mae'r drwydded ar y ffenest flaen yn dod yn rhydd drwy'r amser, dydi'r golau ddim yn gweithio'n iawn, dydi'r mesurydd petrol rioed wedi gweithio, ffenest y gyrrwr wedi torri, y clo ddim yn cloi, dŵr yn gollwng a ballu. A hwya'n y byd rydych chi'n gadael i'r pethau hyn fod, mwya 'da chi'n gweld eu colli, nes fod y car yn llawn pro- blemau, ac mae'r pethau bach yn mynd yn bethau mawr. Tydi'r ffaith fod ffenest f'ochr i ddim yn agor ddim yn beth mawr, ond mi synnech gymaint o adegau rydych chi eisiau ei hagor—naill ai i siarad efo rhywun neu i roi prês mewn peiriant a ballu. Dwi wedi dod i arfer bellach efo stopio'r car ac agor y drws, ond peth bach fydda trwsio'r ffenest, mae'n siŵr. Rŵan, dyna fraich y ffenest wedi dod yn rhydd ac mi fydd yn rhaid i mi gael rhywun i'w rhoi yn ei hôl. Twt lol.

Wrth gofio'r holl bethau rydw i yn anghofio eu gwneud ynglŷn â'r car, dwi'n cofio mod i wedi anghofio y grêps a'r da-da oedd Mam eisiau i mi eu rhoi i Bigw ar fwrdd y gegin. Mae gen i gof fel gogor. A Mam wedi mynd i'r drafferth i'w cael yn barod aç wedi fy siarsio rhag mynd hebddynt. Ar hyd y blynyddoedd, ac yn enwedig ers i Nain farw, mae Mam wedi bod yn ofnadwy o dda efo Bigw. Byddai yn mynd i weld Bigw bob wythnos ac yn ei ffônio'n ddyddiol cyn iddi fynd i'r Cartref. Fydda hi byth yn mynd yno'n waglaw chwaith—roedd Bigw mor hoff o dda-da fel y bydda Mam yn mynd â digon efo hi i bara wythnos, a byddai yno darten fala, pwdin, lobscows, a thipyn o gacennau yn ei basged bob tro. Pan ddychwelai o dŷ Bigw, byddai wedi cyfnewid y danteithion am gyfnasau gwely a dillad budron, ac erbyn yr wythnos ganlynol, byddai'r cyfan wedi cael eu golchi a'u smwddio'n berffaith.

Fydda neb yn meddwl dim am dripiau Mam i Garneddau, dim ond eu cymryd fel un o'r pethau hynny oedd Mam yn licio eu gwneud, ond o feddwl yn ôl, mi oedd angen dipyn o galon i ofalu felly am hen berson. Pan aeth Bigw yn sâl, ddaru Mam ddim ystyried ddwywaith cyn dod â hi adref i'n tŷ ni, ac un o ofidiau mawr ei bywyd oedd nad oedd hi wedi gallu ei chadw efo ni. Ddaru hi erioed faddau iddi hi ei hun am adael i Bigw fynd i Gartref. Ac wedi iddi fynd i'r Cartref, byddai ymweliadau Mam yr un mor gyson. Bob pnawn dydd Iau am dair blynedd, i ffwrdd â Mam gyda'r grêps a'r da-da a thipyn o fisgedi yn ei basged.

Bob Dolig neu adeg penblwydd, poendod mawr Mam fydda beth i'w gael yn anrheg i Bigw. Fydda Bigw byth yn gwerthfawrogi'r ffaith, ond wyddai hi ddim gymaint o ymdrech oedd o'n ei olygu i Mam. Pan 'da chi'n naw-deg-rwbath, does yna fawr o ddim byd yr ydych chi ei angen, ond mi fydda Mam wastad yn dod o hyd i ddilledyn, i rwbath i'w fwyta, i ryw declyn oedd i fod i esmwytho bywyd hen berson. Un Dolig, mi bechodd Bigw yn ofnadwy. Dyna lle roedd hi yn ei chadair ar Ddiwrnod Dolig a llond ei harffed o bresantau—pawb wedi cofio prynu rhywbeth iddi ac wedi ei bacio'n ddel. Mi wrthododd Bigw agor yr un ohonynt. Doedd hi'n methu prynu presantau i neb ac roedd hi wedi gofyn i bawb arall beidio â phrynu un iddi hi. 'Ond waeth i chi eu hagor nhw nawr bod chi wedi eu cael,' meddai pawb. Na, doedd Bigw ddim am agor yr un.

Mi aeth y peth yn embaras mawr, yn fwy fyth felly gan mai Diwrnod Dolig oedd hi a phawb i fod yn glên ac yn llawn cariad at ei gilydd. Yn wyneb styfnigrwydd Bigw, helpodd Mam ac eraill hi i agor y presantau gan ddweud 'Ŵ!' ac 'Â!' a'r synau priodol wrth agor pob un. Ni ddywedodd Bigw yr un gair. Cadwodd ei wyneb yn hollol ddifynegiant, a gwrthododd edrych ar yr un o'r presantau. Syllodd ar bawb yn oeraidd iawn fel tase nhw i gyd wedi ei bradychu. Hi oedd yr unig un onest. Gwyddai pawb fod y rhan fwyaf o'r presantau yn gwbl ddiwerth a'u bod wedi cael eu rhoi dim ond oherwydd arferiad, ond roedd pawb arall yn actio Dolig. Yn y diwedd, caeodd Bigw ei llygaid a rhoi ei phen yn ôl ar y gadair. Byddai ganddi'r arferiad o ddisgyn i gysgu gyda'i dwylo oer ynghlwm wrth ei gilydd mewn ystum gweddi. Wrth edrych arni felly, teimlwn ei bod yn eiriol dros bob un ohonom am ein ffolineb. Roedd pob un ohonom ni wedi rhoi ac yn teimlo'n garedig, doedd hi ddim wedi gallu rhoi dim byd ac roedd yn teimlo'n ofnadwy. Fedrwn i ddim peidio ag edmygu ei hannibyniaeth. Doedd o ddim yn beth hawdd i'w wneud ar aelwyd y rhai a'i croesawodd. Ond roedd hi'n wers bwysig inni gyd—fod gan bawb ei falchder, waeth pa mor hen a diwerth yw.

* * * * * *

Ddaru mi ddim meddwl mewn gwirionedd beth oeddwn i'n ei wneud. Roedd gen i ddiwrnod rhydd ac yn teimlo'n glên ac mi es i weld Bigw.

'Lle ydach chi isio mynd?' gofynnais, a dyma hi'n deud.

Ddaru mi ddim aros i ystyried o gwbl, dim ond mynd. Ddaru mi ddim ystyried pam nad oedd neb arall wedi mynd â hi, dim ond gwrando arni ac i ffwrdd â ni. Dim ond wedi i mi gyrraedd y sylweddolais i dasg mor amhosib oedd hi.

Stopiais y car wrth y giât a diffodd yr injan.

'Dyma ni.'

'Ydan ni wedi cyrraedd?' gofynnodd efo syndod yn ei llais fel tasa hi ddim wedi disgwyl cyrraedd.

Estynnais y pulpud o fŵt y car, a'i osod wrth ei drws, a cheisio ei chael hi allan. Sylweddolais nad oeddwn i wedi gorfod gwneud hyn ar fy mhen fy hun o'r blaen. Mewn gwirionedd, roedd yn rhaid cael dau berson i'w chael hi i mewn ac allan o gar. Es yr ochr arall i sedd y gyrrwr i geisio ei chodi. Roedd angen craen i wneud y gwaith. Ar ôl tynnu a halio am amser maith, dyma lwyddo i'w chael hi allan o'r car. Doedden ni ond megis dechrau. Cymrodd ei chamau cyntaf, roedd yn union fel gwylio dyn ar drapîs. Fel roedden ni yn mynd at y giât, dyma hi'n deud,

'Y blodau.'

Roeddwn i wedi eu anghofio eto. Ar sedd gefn y car, edrychai'r blodau yn go druenus erbyn hyn. Roedden nhw'n gynnes yng ngwres yr haul ac roedden nhw wedi mynd yn swrth i gyd. Wrth ddal y blodau, dim ond un law oedd gen i'n rhydd i afael yn Bigw.

Gwichiodd y giât, ac wrth i mi ei hagor, daeth yr hen, hen ofn yn ei ôl. Wedi'r holl flynyddoedd, roedd yn dal yno. Roedd o fel petawn i'n agor giât i ofnau cudd y dychymyg ac roeddent yn llifo tuag ataf. Dychwelodd yr arswyd a deimlais fel plentyn wrth eistedd yn y car tu allan i'r giatiau hyn. Fyddai Mam byth yn dweud pan oedd yn mynd yno, ond roedd blodau mewn bwced yn y car yn arwydd drwg. Caem ein gadael yn y car am amser hir yn gwaredu iddi ddychwelyd. Pam, pam oedd hi'n ei wneud o? Dychwelai i'r car a'i llygaid yn goch, a doedd dim yn y byd y gallwn ei wneud i'w chysuro.

Roedd o i gyd yn dod yn ôl i mi.

* * * * * *

'Dowch i ganu i Taid,' meddai Mam, a theimlwn

yn flin fy mod yn cael fy nhynnu oddi wrth fy nheganau. Yna, cywilyddiwn gan gofio fod Taid yn sâl iawn.

Roedd yr awyrgylch yn llofft Taid yn drwm gan salwch, gallech ei arogli wrth fynd i mewn. Roedd y lle yn fwll gyda gwres tân trydan, ac roedd peth wmbreth o dabledi a ballu wrth ochr y gwely. Roedd y llenni wedi hanner eu cau, ac roedd pawb yn ddistaw, ddistaw. Ar y gobennydd, gorffwysai pen cadarn Taid a edrychai mor wahanol yn ei byjamas ac heb ei sbectol. Ceisiodd wenu ond roedd hynny'n amlwg yn ymdrech. Wedyn, efo Nain yn eistedd ar un ochr i'r gwely, a Mam ar yr ochr arall, roedd yn rhaid inni ganu. Doedd dim posib i ni fel plant ddeall y swyn a'r diniweidrwydd oedd yn ein cân, y cyfan yr oeddwn i'n ymwybodol ohono oedd ei bod yn gân ddychrynllyd o ddigalon a'i bod yn gwneud i bawb grio. Er gwaethaf hynny, roedd fel petai'n cael effaith syfrdanol ar y tri o'n blaenau ac yn esmwytho pawb. Mor falch oeddem ni o gael dianc o'r llofft ryfedd honno, oddi wrth ddirgelwch estron pobl mewn oed, a mynd ymlaen â'n chwarae.

Y peth nesaf a wyddwn oedd nad oedd Taid yn y llofft mwyach a'i fod wedi mynd am byth. Fynwent Fron oedd y lle a gysylltid ag o bellach. Pan fu farw Nain, i fanno yr aeth hithau hefyd, a doedden ni ddim yn mynd i dŷ Taid a Nain ar ôl hynny, dim ond i Fynwent Fron. Roedd yn braf meddwl amdanynt gyda'i gilydd eto ac yn ôl efo'r babi bach a gollodd Nain, ond roedd o'n drist meddwl na chaem eu gweld byth mwy.

* * * * * *

A dyma fi wedi dod yma—yn ferch mewn oed wedi rhoi heibio bethau plentynnaidd; yn gwybod yn iawn pam y deuthum yma a beth oedd diben yr ymweliad. Eto, gyda gwich y giât honno, doedd gen i ddim llai nag ofn mynd yn fy 'mlaen.

Bob un o'r troeon eraill y bum i yma, roedd hi wedi bwrw glaw, neu yn stormus iawn. Ond heddiw, roedd yr haul yn tywynnu yn annaturiol o lachar a hithau'n ganol Mehefin. Aethom yn ein blaenau ar hyd y llwybr ac arhosodd Bigw i gael ei gwynt ati. Dydw i ddim yn cofio'r un daith mor hir â honno i lawr llwybr y fynwent. Tua'r trydydd tro i Bigw aros, caeodd ei llygaid a phlygu ei phen. Da chi, peidiwch â llewygu, Bigw. Daeth rhyw arswyd drosof wrth feddwl ei bod ar fin cael trawiad a sylweddoli mai dim ond y fi oedd wrth law. Melltithiais fy hun am wneud rhywbeth mor wirion, ond doedd dim oll y medrwn i ei wneud, dim ond gofyn, 'Ydach chi'n iawn, Bigw?' drosodd a throsodd nes y clywodd hi fi.

Doedd dim byd mawr yn bod, dim ond ei bod hi'n andros o boeth ac roedd yn rhaid i Bigw gael seibiant bob rhyw ddeg cam. Dylai hi fod wedi cael cadair i eistedd arni, ond tase gen i gadair efo mi yn ogystal â'r blodau, fydde gen i'r un llaw i helpu Bigw. Mi ddylen nhw gael cadeiriau wrth law mewn mynwent beth bynnag, maen nhw'n gwybod mai hen bobl yw eu cwsmeriaid gorau.

Dyma gyrraedd y groesffordd yn llwybr y fyn-went a sylweddolais mai dim ond dipyn dros hanner ffordd oedden ni. Wyddwn i ddim yn hollol ble roedd y bedd ychwaith. Wn i ddim sawl gwaith y dywedais wrthyf fy hun 'mod i'n gwneud peth

141

gwirion eithriadol, ond doedd dim troi'n ôl bellach. Doedd Bigw ddim yn dweud dim byd, roedd hi'n canolbwyntio ei holl egni ar symud ei choesau i gerdded.

Yn y diwedd, gwelais y bedd. Roedd o yn yr ail res o'r llwybr gyda gwrych bach yn ei ymyl, ac o'r diwedd, roedden ni yno. Wrth gamu dros y gwair tuag ato, roedd yn rhaid i Bigw geisio gwasgu ei hun rhwng y beddau a doedd dim lle i'r pulpud. Yn y diwedd, gadewais y pulpud a'r blodau ar y llwybr, a gafael yn Bigw â'm dwy law i'w helpu at y bedd. Bu ond y dim iddi ddisgyn, a gafaelodd yn y garreg fedd i deimlo'n saff. Gadewais hi yno, gan ddal fy ngwynt, tra roeddwn yn nôl y pulpud a'r blodau, a cheisiais gael lle hwylus iddi hi a'r pulpud i edrych ar y bedd. Roeddwn yn falch fod gen i rywbeth i'w wneud gyda'r blodau tra roedd hi'n sefyll yn fanno yn edrych. Roedd y tawelwch yn llethol a dim byd i'w glywed ar wahân i sisial y gwenyn.

'Hwn ydi o?' gofynnodd.

'Ia.'

Edrychodd arno am hir.

'Del ydi'r cerrig bach gwyn 'ma arno 'te?'

'Ia.'

Syllodd arno wedyn tra ceisiwn i roi rhyw siâp ar y blodau yn y pot. Ond roedd y cryfder wedi mynd o'u coesau hwythau hefyd ac roeddynt yn plygu bob sut. Dylwn fod wedi dod â dŵr gyda mi.

'Eleni?'

'Ia?'

'Fedra i weld dim byd sydd ar y garreg.'

A'n helpo. Wedi'r holl ymdrech. Fasa waeth taswn i wedi mynd â hi at y bedd cyntaf a chymryd